사
랑
의

결

우리가 마주하는 '사랑'에 대한 모든 이야기

사랑의 결

김옥림 지음

높고 충만한 사랑과 행복을 위해
우리가 해야 할 것들

"사랑은 죽음보다도 또한 죽음의 공포보다도 강하다. 사랑, 오
직 이것에 의해서만이 일생은 버티어지며 전진을 계속하는 것
이다."

러시아의 소설가이자 《아버지와 아들》로 유명한 이반 투르게
네프가 한 말로, 사랑은 인생을 살아가는 데 있어 반드시 필요한
'인생의 비타민'이라는 것을 알 수 있습니다. 인생을 살다 보면
못 견디게 행복에 겨운 날도 있고, 온몸의 세포가 춤추며 일어나
듯 기쁜 일도 있고, 세상을 다 잃은 듯 슬픈 날도 있고, 앞이 보이
지 않을 것만 같은 절망적인 날도 있습니다. 행복하고 기쁜 날만
있으면 얼마나 좋을까요. 이는 누구나 바라는 마음이지요.

그러나 인생은 늘 예측할 수 없는 변수가 따르기 마련입니다.

특히, 슬프고 고통스러운 일을 만나거나 절망적일 때는 암담함으로 눈앞이 캄캄해져 어쩔 줄을 몰라 할 때는 누군가의 위로와 격려가 필요하지요. 대개는 그 누군가가 사랑하는 사람이라면 하고 바라게 되지요. 사랑하는 이의 위로와 격려는 그 누구보다도 큰 힘이 되고 용기가 되니까요.

그러면 사랑하는 이의 격려와 위로는 왜 큰 힘이 되고 용기가 되는 걸까요. 그것은 사랑하는 이의 사랑은 강력한 희망의 에너지와 따뜻한 에너지를 품고 있기 때문이지요. 그 에너지는 너무도 강력해 죽음도, 죽음의 공포도 두려워하지 않게 하지요. 투르게네프는 사랑하는 이의 사랑의 힘이 얼마나 강한지를 잘 아는 까닭에 "사랑은 죽음보다도 또한 죽음의 공포보다도 강하다"라고 자신 있게 말할 수 있었던 것입니다. 사랑의 힘은 이처럼 강력한 힘을 갖고 있기에, 사랑하는 사람의 '사랑'만 있다면 그 어떤 슬픔도, 고통도, 두려움도, 절망도 이겨낼 수 있습니다.

그런데 여기서 분명히 알아야 할 것은 '사랑의 시점'입니다. 사랑의 시점은 언제나 현재가 되어야 한다는 것입니다. 사랑은 저축성예금처럼 쌓아놓는 것이 아니라 지금 바로바로 써야 하는 '인생의 캐시(Cash)'와 같습니다. 그래서 필요할 때 돈을 쓰듯 사랑은 필요할 때 바로바로 실천해야 하는 것입니다. 또한 돈은 아끼고 저축하면 하는 만큼 이자가 붙지만, 사랑은 실천해야 '사랑의 이자'가 붙습니다. 사랑을 주는 만큼 상대로부터 돌려받을 수 있으니까요. 그래서 사랑은 과거도 아니고 미래에도 아니고, 지금 당장 해야 하는 것입니다. 이에 대해 러시아의 국민소설가이자 사상가인 레프 톨스토이는 이렇게 말했습니다.

"미래에 있어서의 사랑이란 없다. 사랑이란, 오직 현재에 있어서의 활동이다. 현재에서 사랑을 보이지 않는 사람은 사랑을 갖고 있지 않다."

톨스토이의 말에서 보듯 사랑의 시점은 '현재'라는 것을 알 수 있습니다. 이는 사랑은 지금 해야 한다는 것을 뜻하는 것이지요. 그래서 사랑을 하거나 행하지 않는 사람은 사랑을 갖고 있지 않다는 톨스토이의 말은 설득력을 지니게 되는 것이지요.

사랑은 연인 간의 사랑이든 타인에게 베푸는 보편적 사랑이든 그 어떤 사랑도 다 소중한 것입니다. 여기에 사랑을 하고, 사랑을 실천하는 이유가 있는 것이지요. 이것이 이 책을 쓰게 된 이유이자 목적입니다.

나는 이 책을 쓰기 위해 세계적으로 유명한 사랑에 관한 명언과 철학적 사유가 담긴 말과 주옥같은 세계명시에서 사랑의 말을 가려 뽑았습니다. 그리고 그것은 키워드로 하여 독자들이 평안한 마음으로 읽을 수 있도록 쉽고 따뜻한 문체로 다양한 사랑에 대해 썼습니다.

이 책에는 《월든》의 저자이자 사상가인 헨리 데이비드 소로, '침묵의 성자'로 널리 알려진, 인도의 영적 스승으로 일컬음을 받는 바바 하리 다스, 프랑스의 수학자이자 사상가인 블레즈 파스칼, 러시아의 영원한 국민작가인 레프 톨스토이, 독일계 유태인으로 미국 사회 심리학자이자 정신분석학자인 에리히 프롬 등 세계적인 사상가와 철학자들의 촌철살인적인 말을 비롯해 독일의 시인이자 평론가인 하인리히 하이네, 프랑스 시인이자 소설가이며 영화감독인 장 콕토, 독일계 스위스인으로 시인이자 소설가로 걸작 《데미안》을 쓴 헤르만 헤세, 시 〈미라보 다리〉로 유명한 프랑스 시인 기욤 아폴리네르 등 세계적인 시인들의 주옥같은 명시에서 가려 뽑은 말에 대한 나의 단상이 오롯이 담겨 있습니다.

뿐만 아니라 〈로마의 휴일〉 등 수많은 영화에서 열연을 펼치며 세기의 연인으로 사랑받은 오드리 헵번의 실천적인 사랑, 20세기 서양 최고의 화가이자 입체파 선구자이며 〈아비뇽의 처녀들〉로 유명한 파블로 피카소의 예술을 향한 뜨겁고 열정적인 사랑, 러브 레터가 맺어준 여성 작가와 육군 중령 간의 꿈결처럼 아름답고 드라마틱한 낭만적인 사랑, 사랑을 위해 왕위를 아우에게 물려준 영국의 에드워드 8세와 윌리스 심슨 부인의 세기적인 사랑 등을 비롯한 마음을 따뜻하게 하는 감동적인 사랑 이야기가 지면 곳곳에 스크린처럼 펼쳐져 있어, 사랑의 소중함과 존귀함을 마음속 깊이 느끼게 됨으로써 왜 사랑은 이처럼 위대한 것인가, 왜 사랑은 영원한 인생의 화두인가를 깊이 있게 생각하게 될 것입니다. 나아가 내 자신은 어떻게 사랑을 해야 하며, 어떻게 살아야 할지에 대해서도 명확하게 생각하는 기회를 갖게 될 것입니다.

그렇습니다. 이 책은 인생을 소중하게 살고 싶은 이들과 사랑의 아픔을 겪고 있는 이들과 오늘과 다른 내일을 위해 어떻게 살아야 할지에 대해 진지하게 고민하는 이들과 분명한 자기 인생의 확신에 대해 갈망하는 이들에게 때로는 엄숙하고 진지하게, 또 때로는 따뜻하고 친근하게, 그리고 명쾌하고 확실하게 듣고 싶은 답을 전해주리라 믿습니다.

이 책을 대하는 모든 분에게 사랑의 축복과 행복이 함께하길 기원합니다.

나의 모든 순간순간엔

네가 자리하고 있었다.

내가 숨 쉬는 그 짧은 순간에도

너는 내 눈 속에서 꽃처럼 웃고 있었다.

아침에 일어나 바쁜 하루를 보내고

자리에서 누워 잠이 든 순간에도,

너는 내 가슴에서 한시도 떠난 적이 없었다.

나의 모든 순간은

너 하나만으로 채워져 있어,

나의 생애(生涯)는 순간순간이 너였고,

너는 나의 모든 순간이었다.

너라는 내 생애의 환한 꽃이여,

너라는 내 눈부신 이름이여,

그리하여 너라는 내 운명의 하늘이여,

나의 모든 순간은

오직,

너만을 위한 것이었다.

_ 김옥림 〈내 생애의 모든 순간〉

제1부

명언에서 사랑을 배우다

인생에서 가장 소중한 사랑

사랑은

인생에 있어 가장 소중한 것이다.

사랑할 수 있는 한

크게 사랑하게 하라.

_ 바바 하리 다스

16

사랑은 인생에 있어 가장 의미 있는 일이자 가장 존귀한 인생의 목적입니다. 사랑이 이 세상의 전부라는 말은 사랑 없이는 인생이 존재할 가치가 없기 때문이지요. 사랑이 있음으로 해서 삶의 목적도 생기고, 미래를 위해 꿈을 설계하게 됩니다. 그러나 사랑이 없다면 인생은 의미를 상실하게 되고, 목적 또한 상실되고 말지요. 이처럼 사랑은 가장 보편적이면서도 가장 고귀한 인생의 가치적 행위입니다. 그래서 사랑은 쉬우면서도 어려운 것이지요.

《성자가 된 청소부》의 저자이자 '침묵의 성자'로 널리 알려진, 인도의 영적 스승으로 일컬음을 받는 바바 하리 다스(Baba Hari Das). 그는 "사랑은 인생에서 가장 소중한 것이므로, 사랑할 수 있는 한 크게 사랑하라"라고 말합니다. 이를 좀 더 부연해서 말하면 사랑을 하되 뜨뜻미지근하게 하지 말고 뜨겁고 열정적으로 하라는 말입니다. 그래야 강한 사랑의 에너지가 솟구쳐 올라, 둘 사이가 더욱 깊어지고 행복 또한 깊어지기 때문이지요.

지금 이 순간 자신이 사랑하는 사람을 어떻게 사랑하는지를 생각해보세요. 자신의 몸 같이 소중히 사랑하는지, 오늘이 마지막인 듯이 뜨겁게 사랑을 하는지, 아니면 그냥 살아가는 대로 사랑하는지를. 사랑은 어떻게 하는가에 따라 사랑의 깊이도, 행복의 크기도 결정되어지는 것이니까요.

인생에서 가장 소중한 것은 사랑입니다. 그 모든 것이 완벽하게 갖추어졌다 하더라도 사랑이 없으면 '무(無)' 와 같습니다. 그만큼 사랑이 인생에서 차지하는 비중이 절대적이기 때문입니다. 그렇습니다. 세상에서 가장 행복한 것처럼 사랑하고 사랑하십시오.

사 랑 은 향 기 로 운 삶 의 꽃 이 다

사랑은 봄에 피는 꽃과 같다.
온갖 것에 희망을 품게 하고
훈훈한 향내를 풍기게 한다.
때문에 사랑은 향기조차 없는 메마른 폐허나
오막살이집일지라도
희망을 품게 하고, 훈훈한 향내를 풍기게
한다.

_자크 프레베르

아무리 참혹한 현실에서도 사랑하는 이가 곁에 있다면 능히 어려움을 극복해내게 됩니다. 사랑하는 이의 '사랑'은 인간의 상식을 넘어서는 위대한 힘이 작용하기 때문이지요.

"나는 당신이 충분히 극복하리라 믿어. 당신한테는 그만한 능력이 있거든. 그리고 내가 있잖아."

사랑하는 이에게 이런 말을 듣게 되면 큰 용기와 힘을 얻게 되지요. 그리고 사랑하는 이가 자신에게 보여준 믿음을 증명이라도 하듯 놀라운 힘을 발휘하게 됩니다. 그러고는 마침내 어려움을 극복하고 사랑하는 이에 대한 믿음에 부응하게 된답니다.

사랑은 희망이며, 삶의 달콤한 향기와 같아 그 어떤 상황에서도 능히 희망의 꽃을 피웁니다. 이에 대해 프랑스 시인 자크 프레베르(Jacques Prevert)는 사랑에 대해 정의하기를 "사랑은 봄에 피는 꽃과 같다. 온갖 것에 희망을 품게 하고 훈훈한 향내를 풍기게 한다. 때문에 사랑은 향기조차 없는 메마른 폐허나 오막살이집 일지라도 희망을 품게 하고, 훈훈한 향내를 풍기게 한다"라고 말합니다.

이렇듯 봄에 피는 꽃이 온 산과 들은 물론 사람들이 사는 마을을 아름답게 물들이고 기분을 좋게 하듯, 사랑은 모든 것들에게 희망을 주고 향기조차 없는 메마른 폐허나 오막살이집 같은 최악의 상황에서도 희망이 되지요.

그렇습니다. 사랑한다는 것은, 사랑을 품고 산다는 것은, 자신에게도 사랑하는 이는 물론 주변 사람들에게도 희망과 삶의 향기를 주는 창조적이고 생산적인 일이랍니다.

사랑은 삶의 향기로운 꽃이며, 희망을 품게 하는 희망의 꽃입니다. 사랑하는 사람이 함께하면 아무리 참혹한 상황에서도 능히 극복해내게 되지요. 왜 그럴까요. 그것은 사랑하는 이의 사랑은 생산적인 에너지를 품고 있기 때문입니다.

지혜로운 자의 사랑

지혜로운 사람은 이익을 따져

사랑하는 것이 아니라,

사랑 그 자체에서

행복을 느끼기 때문에 사랑하는 것이다.

_ 블레즈 파스칼

지혜로운 사람은 '사랑' 그 자체를 소중하게 여기고, 아름다운 사랑을 하기 위해 노력합니다. 사랑을 위해 그 어떤 조건도 걸지 않습니다. 사랑만을 위한 사랑, 오직 사랑만을 위해 지혜롭게 사랑을 하지요.

영국의 수상을 두 번이나 지낸 벤저민 디즈레일리(Benjamin Disraeli)는 그의 나이 35세 때 자신보다 무려 15살이나 많은 여자와 결혼했습니다. 그의 아내 매리 안네는 세련되지도 않았고, 지식도 짧았고, 실수도 잘 했으며, 젊고 아름답지도 않았습니다. 하지만 그녀는 디즈레일리가 최대한 편안한 마음을 갖도록 마음을 써주었습니다. 그가 언짢은 일이 있어 화가 나 있어도 그녀는 그런 그를 따뜻하게 품어주었지요. 그녀의 인품을 잘 알게 하는 이야기입니다.

어느 날 디즈레일리는 의회에서 연설을 하기 위해 아내와 같이 차를 타고 가고 있었습니다. 디즈레일리는 집중해서 연설문을 검토했지요. 그런데 그의 아내는 문을 닫다 손가락이 끼었지만 아파도 내색하지 않고 꾹 참았습니다. 의회에 도착해서 연설을 마치고 난 디즈레일리는 그제야 아내의 통통 부어오른 멍든 손가락을 보게 되었습니다.

"여보, 당신 손가락이 왜 그래요?"

놀란 눈으로 디즈레일리가 묻자 아내는 대수롭지 않다는 듯이 말했습니다.

"아까 의회에 갈 때 차 문에 손가락이 끼었어요. 아깐 많이 아팠는데 지금은 괜찮아요."

"저런, 많이 아팠을 텐데 왜 말 안 했어요?"

"당신이 연설문을 검토하고 있는데 방해될까 봐요. 괜찮으니 마음 쓰지 마세요."

디즈레일리는 아내의 말에 너무 미안하고 고마워 꼬옥 안아주었습니다. 그가 성공한 수상이 될 수 있는 데에는 지혜롭고 현명하고 따뜻한 품성을 지닌 아내의 지극한 사랑이 큰 힘이 되었던 것이지요.

지혜로운 사람은 자신의 이익을 위해 조건을 걸거나 계산하지 않습니다. 오직 사랑만을 위한 사랑을 하지요. 그 사랑이 진정한 사랑이란 걸 잘 알기 때문입니다.

좋아하는 사람이 하고 싶은 것을 하게 하라

사랑이란 좋아하는 사람들에게
우리가 원하는 것을 강요하지 않고
그들이 하고 싶은 것을
마음껏 할 수 있게 해 주는 것이다.

_ 웨인 다이어

사람은 크게 두 가지 형이 있습니다. 사랑하는 사람이나 좋아하는 사람이 하고 싶은 것을 하게 도와주는 사람들과 사랑한다는 이유로 사랑하는 사람이나 좋아하는 사람이 하고 싶은 것을 못 하게 하거나 사사건건 간섭하는 사람들이지요.

"이 일은 당신이 잘할 거라고 믿어. 열심히 해봐. 하다가 힘 드는 일이 있으면 언제든지 말해. 내가 도와줄게."

사랑하는 사람이 하고 싶은 것을 하게 하고 밀어주고 도와주는 것은 둘 사이를 더욱 돈독하게 하고 사랑을 깊어지게 합니다. 이는 매우 생산적이며 창의적인 사랑법이지요. 그러나 "당신이 그걸 할 수 있겠어? 힘 빼지 말고 그만둬"라고 말하며 하고 싶은 것을 하지 못하게 하고 간섭하는 것은 둘 사이를 멀어지게 하는 비생산적이고 부정적인 사랑법이랍니다.

생각해보세요. 자신이 하고 싶어 하는 것을 사랑하는 사람이 간섭하고 못 하게 하면 기분이 어떨지. 기분이 불쾌함은 물론 화가 날 것입니다. 그리고 사랑이 오히려 걸림돌처럼 여겨질 것입니다.

미국의 심리학자이자 《행복한 이기주의자》의 저자인 웨인 다이어(Wayne Dyer)는 사랑의 정의에 대해 좋아하는 사람들에게 원하는 것을 강요하지 말고, 그들이 하고 싶어 하는 것을 하게 해주는 것이라고 말합니다.

그렇습니다. 사랑한다면 간섭하거나 못 하게 하지 말고, 사랑하는 사람이 잘 해낼 수 있도록 격려하고 도움이 필요하면 적극 도와주어야 합니다. 그것이 진실한 사랑이고, 사랑하는 사람에 대한 예의이니까요.

사랑하는 사람이 하고 싶어 하는 것을 막지 말아야 합니다. 그것은 사랑하는 사람의 자존심을 상하게 하는 일이며 불쾌하게 하는 일입니다. 사랑한다면 사랑하는 이가 하고 싶은 것을 잘 하게 격려하고 도와주어야 합니다. 그것이 진정한 사랑이니까요.

사랑은 모두를 얻는 것이다

사랑을 얻는다는 것은

모두를 얻는 것이다.

_ 안톤 체호프

사랑을 하게 되면 사랑한다는 것만으로도 마음은 그 어느 것을 선물 받았을 때보다도 풍성해집니다. 마음이 풍성해지면 너그러워지고, 배려하는 마음이 좋아지고, 관대해지지요. 사랑은 봄에 풍기는 달콤한 꽃향기처럼 사람 마음을 향기롭게 하기 때문입니다.

사랑을 위해 왕위를 포기한 영국의 왕세자 에드워드 8세. 그는 미국 펜실베이니아 출신인 월리스 심슨 부인을 만나게 되는데 이것이 그의 인생을 완전히 바꾸어 놓는 계기가 되었지요.

심슨 부인은 해군 조종사인 첫 남편과의 결혼을 이혼으로 끝내고, 사업가와 재혼을 했습니다. 심슨 부인은 영국 사교계를 누비며 생활하던 어느 날 에드워드 8세를 만나게 되었고, 둘은 사랑하는 관계가 되었습니다.

심슨 부인은 남편이 있음에도 에드워드 8세와 연인 관계를 이어가다 결국 이혼을 하고 에드워드 8세와 새로운 인생을 선택했지요. 이로 인해 영국 왕실은 발칵 뒤집어졌습니다. 왕으로 즉위한 에드워드 8세가 두 번이나 이혼한 여자와 결혼한다는 것은 있을 수 없는 일이었기 때문이지요.

에드워드 8세는 즉위 1년 만에 왕위를 동생에게 물려주고, 영국을 떠나 프랑스에서 결혼식을 올렸습니다. 그 후 영국 왕실로부터 인정받지 못한 채 35년 결혼 생활 동안 유럽을 전전하며 살았지요.

사랑을 위해 대영제국이라는 막강한 나라의 왕위를 포기한 에드워드 8세. 그는 사랑으로 인해 모든 것을 잃었지만 세계사에 길이 남을 사랑을 얻었습니다. 그의 입장에서는 모든 것을 얻은 사랑이었지요. 이런 사랑이야말로 최고의 사랑이자, 위대한 사랑이라고 할 수 있습니다.

사랑을 위해 자신의 모든 것을 포기한다는 것은 어렵고도 어려운 일입니다. 이런 사랑은 자신의 모든 것을 걸 수 있을 때만이 할 수 있는 사랑이니까요. 그러기에 많은 사람으로부터 위대한 사랑이라고 일컬음을 받는 것이지요.

참
다
운
사
랑
의
힘

참다운 사랑의 힘은 태산보다도 강하다.
그러므로 그 힘은 어떤 힘을 가지고 있는
황금일지라도 무너뜨리지 못한다.

_ 소포클래스

사랑은 힘이 셉니다. 하지만 참다운 사랑은 더 힘이 세지요. 참다운 사랑이 바다보다 넓고 태산보다 높은 것은 참다운 사랑은 그 무엇보다 우뚝하기 때문이지요. 많은 사람이 저마다 아름다운 사랑을 꿈꾸지만, 그렇게 살지 못하는 사람들이 많습니다. 그렇게 살기 위해서는 그에 맞게 노력해야만 살 수 있기 때문이지요. 그래서 그 어떤 힘으로도 '아름다운 사랑'을 무너뜨리지 못합니다.

미국 남북 전쟁 때 일입니다. 아름다운 아가씨와 약혼한 젊은이가 전쟁에 참전하게 되었습니다.

"내가 돌아올 때까지 건강하게 잘 지내요. 내 걱정하지 말고."

젊은이는 근심 어린 얼굴로 배웅하는 약혼녀에게 이렇게 말하며 안아주었습니다.

"그래요. 꼭 돌아오세요. 나는 당신이 돌아오는 날까지 언제나 기도하겠어요."

약혼녀는 방금 전과는 달리 근심 어린 표정을 지우고 살며시 미소 지으며 말했습니다. 젊은이는 전쟁에 참가하여 열심히 싸웠습니다. 그러나 안타깝게도 중상을 입고 말았지요. 약혼녀는 이런 사실도 모른 채 젊은이를 위해 정성껏 기도했습니다.

그러던 어느 날 젊은이로부터 한 통의 편지를 받았습니다. 부상을 입고 두 팔을 잃어 자신과 살면 불행할 수 있으니, 자신을 잊고 자유롭게 살기 바란다는 내용이었지요. 약혼녀는 편지를 읽자마자 젊은이가 입원하고 있는 병원으로 달려갔습니다. 젊은 이와 만난 그녀는 그를 꼭 부둥켜안고 말했지요.

"나는 당신을 결코 외면하지 않을 거예요. 평생 당신의 팔이 되겠어요."

젊은이는 그녀의 말에 눈물을 흘리며 말했습니다.

"고마워요. 이런 나를 사랑해줘서."

그 후 그들은 결혼하여 누구보다도 행복하게 살았습니다. 젊은이의 아내는 매우 헌신적인 여자였습니다. 그녀의 헌신적인 사랑이 있었기에 그는 행복한 인생을 보낼 수 있었습니다.

이렇듯 참다운 사랑은 그 어떤 것으로도 무너뜨리지 못합니다. 참다운 사랑은 세상에서 가장 힘이 세기 때문이지요.

참다운 사랑은 힘이 세지요. 그 어떤 것도 참다운 사랑을 이기지 못합니다. 참다운 사랑은 세상에서 가장 아름답고 진실한 사랑이기 때문이지요.

사랑받고 싶다면 먼저 사랑하고 행동하라

사랑받고 싶다면 사랑하라.

그리고 사랑스럽게 행동하라.

_ 벤저민 프랭클린

사람 중엔 자신은 잘하지 못하면서 사랑하는 이로부터 사랑받기를 원하는 이들이 있습니다. 그래 놓고 사랑하는 이가 자신의 그런 마음을 몰라준다 싶으면 불평을 해대고 불만을 터뜨립니다. 이는 매우 이기적이고 어리석은 일이 아닐 수 없습니다. 사랑하는 이로부터 자신이 사랑받고 대접받고 싶다면, 자신이 먼저 사랑하고 사랑받게 해야 합니다. 그러면 사랑하는 이 또한 자신의 사랑을 듬뿍 주려고 할 테니까요.

이에 대해 미국 건국의 아버지 중 한 사람으로 정치가이자 발명가인 벤저민 프랭클린(Benjamin Franklin)은 "사랑받고 싶다면 사랑하라. 그리고 사랑스럽게 행동하라"라고 말합니다. 이에 대한 이야기입니다.

소아마비로 다리를 저는 여자가 있었습니다. 그녀는 미술 대학을 나와 그림을 그리고 아이들을 가르쳤지요. 그런데 그녀를 사랑하는 남자가 있었습니다. 그녀도 그도 같은 교회에 다녀 서로를 알고 있었지요.

그는 집이 가난해 고등학교만 나오고 회사에서 운전기사로 근무했습니다. 그는 여자를 오래전부터 마음에 담고 있었지만, 자신의 처지로 그녀에게 사랑한다고 말할 자신이 없었지요.

그러던 어느 날 책을 읽다가 '진정으로 사랑한다면 망설이지 말고 용기 있게 먼저 다가가라'라는 글귀를 보고는 그녀에게 할 말이 있다며 만나자고 말해 둘은 카페에서 만났습니다. 그는 그동안 마음에 담아 왔던 자신의 사랑을 그녀에게 말했지요. 순간 그녀는 놀라는 듯하다, 불편한 몸을 가진 자신이 사랑을 받아들인다는 게 마음에 찔린다고 말했습니다. 그러자 그는 평생을 그녀의 사랑의 다리가 되어주겠다고 말했지요. 그녀는 그의 진정성 있는 고백에 그를 받아들이기로 했습니다. 그날 이후 둘은 사랑을 키워나갔고 1년 후에 결혼을 했습니다. 여자는 미술학원을 차렸고, 남자는 회사를 그만두고 학원 차를 운전하며 학원 일을 거들었지요. 학원은 학원생들이 넘칠 만큼 잘되었습니다. 그러는 동안 예쁜 아기도 생겼고 그들은 행복하게 살고 있습니다.

남자가 먼저 사랑함으로써 그리고 사랑받게 함으로써 여자에게 믿음을 주었듯이, 누군가를 사랑한다면 망설이지 말고 자신의 사랑을 주십시오. 그리고 사랑받게 행동하세요. 그러면 상대 또한 진정성을 갖고 따뜻한 사랑으로 다가올 것입니다.

자신이 사랑하는 사람에게 사랑받고 싶다면 먼저 진정성을 보여주어야 합니다. 그리고 사랑받게 행동하세요. 그러면 상대 또한 진정성을 갖고 다가올 것입니다.

사랑은 실천할 때 사랑으로써의 가치를 지닌다

침묵이나 기도가 낯설게 여겨지고
무언가를 믿는다는 게 쉽지 않으면
작은 사랑을 실천해 보십시오.
그러면 마음이 열리게 될 것입니다.
중요한 것은 어떤 형태로든
사랑을 실천하는 것인데,
그 사랑의 실천으로 자기 자신이나
타인이 풍요로워지는 것입니다.

_ 마더 테레사

아무리 마음속으로 사랑을 품고 있다고 해도 표현하지 않으면 상대는 잘 모릅니다. 사랑은 표현함으로써 사랑의 가치를 드러내지요. 이는 이성 간의 사랑에서뿐만 아니라 일반적인 사랑의 관점에서도 마찬가지입니다. 이성 간에 있어서 상대에 대한 자신의 마음을 드러내 보이기 위해서는 적극적으로 표현해야 합니다.

"나는 당신하고 같이 있으면 마음이 참 평온해. 그래서 언제나 당신을 만나는 게 참 좋아."

"당신을 보면 늘 신선한 에너지가 느껴져. 마치 싱그러운 나무 숲에 있는 기분이야."

상대가 이런 표현을 했을 때 느끼게 되는 사랑의 감정은 매우 극대화되지요. 한마디 말이 미치는 영향은 실로 대단하기 때문입니다. 또한 일반적인 사랑의 관점에서 볼 때도 같은 맥락이라고 할 수 있습니다. 아무리 사랑하는 마음을 품고 있다고 해도 마음에만 담고 있으면 의미가 없지요. 자신이 품고 있는 사랑의 감정을 실천으로 옮겨야 합니다. 봉사단체에 가입해 사랑을 실천한다거나, 불우이웃을 돕는 등 자신의 형편에 맞게 사랑을 실천할 때 보람을 느낌과 동시에 사랑의 가치를 실현하게 되지요.

사랑의 성녀 마더 테레사(Mother Teresa) 수녀는 생전에 "작은 사랑을 실천해 보십시오. 그러면 마음이 열리게 될 것입니다"라고 말하며 사랑을 실천할 것을 권유했습니다. 그녀는 가난하고 병들고 소외 받은 사람들을 돌보며 평생 사랑을 실천하면서, 인간의 존귀함은 사랑함으로써 비롯된다는 것을 몸소 보여주었지요.

그렇습니다. 사랑은 실천을 통해 가치를 드러내고, 사랑의 표현 또한 실천으로 완결되어지는 것입니다.

이성 간의 사랑이든, 부부간의 사랑이든, 부모자식 간의 사랑이든, 일반적인 관점의 사랑이든 사랑은 표현에서 가치를 드러내지요. 그리고 사랑의 표현은 실천을 통해서만 더 가치를 지닙니다. 사랑은 표현이며 실천으로 완결되니까요.

중요한 것은 사랑하는 것이다

중요한 것은
사랑을 받는 것이 아니라
사랑을 하는 것이다.

_ 윌리엄 서머셋 모옴

대개의 사람은 사랑하는 이로부터 사랑받기를 바랍니다. 받는 것이 주는 것보다 더 행복하다고 믿기 때문이지요. 그러나 행복은 사랑을 받을 때보다 줄 때 더 행복하고, 그런 만큼 사랑의 충만함도 더 커진답니다. 먼저 사랑함으로써 평생을 행복하고 아름답게 살았던 감동적인 이야기입니다.

영국 런던 광장에서 브라운은 시계탑을 바라보며 누군가를 기다리고 있었습니다. 그는 영국군 육군 중령으로 3년 전 젊은 여성 작가인 주디스의 책을 읽고 감동을 받아 편지를 보냈지요. 답장이 오리라 생각하지 않고 그냥 보낸 것인데 2주 후 뜻밖에 답장을 받게 되었습니다. 그것이 계기가 되어 두 사람은 지속적으로 편지를 주고받았습니다. 그러는 가운데 사랑의 감정이 싹트기 시작했고, 브라운은 그녀에게 사진을 보내줄 것을 부탁했습니다. 하지만 주디스는 사진은 보내지 않고, 만일 사진을 보고 자신의 얼굴이 못생겼다고 해도 나를 사랑한다고 말할 수 있느냐고 편지를 보내와 브라운은 사진에 대해 더 이상 말하지 않았습니다.

전쟁이 끝나고 둘은 만나기로 약속을 했고, 브라운은 주디스를 기다리고 있는 중이었습니다. 브라운은 시간이 되자 그녀가 알려준 런던 전철역 1번 출구에서 그녀의 책을 들고 가슴에 빨간 장미꽃을 단 여성을 기다렸습니다. 그런데 그때 녹색 옷을 입은 멋진 미인이 걸어오는 게 보여 그녀를 향해 다가갔으나, 그녀의 가슴엔 장미꽃이 없었습니다. 브라운은 눈길을 거둬 다시 여자가 나타나길 기다렸는데, 마침 가슴에 장미꽃을 단 여자가 나타났습니다. 순간 그의 얼굴이 하얘졌습니다. 그녀는 얼굴이 못생겼을 뿐만 아니라 한쪽 다리가 없어 목발을 하고 있었던 것이지요. 브라운은 아는 척을 해야 하나 갈등하다 "저, 잠깐만요!" 하고 그녀를 불렀습니다. 그러자 그녀가 뒤돌아서서 그를 바라보았습니다.

"저는 브라운이라고 합니다. 저, 혹시 주디스 씨 되십니까?"

"아니요. 저는 조금 전 녹색 옷을 입은 어떤 여자분의 부탁으로 가슴에 장미꽃을 달았습니다."

그녀는 이렇게 말하며 자신에게 말을 거는 남자에게 식당으로 오라고 전해주었습니다. 브라운은 부리나케 식당으로 갔습니다. 식당 안쪽 깊숙한 곳에 녹색 옷을 입은 멋진 여자가 앉아 있는 것을 발견하고는 두근거리는 마음으로 물었습니다.

"저, 주디스 씨?"

"네, 그럼 브라운 씨?"

"네, 제가 브라운입니다. 만나서 반갑습니다."

"저도 만나서 반가워요."

둘은 이렇게 말하며 미소 지었습니다. 브라운은 마침내 목마르게 기다리던 주디스와 만났습니다. 그 후 그들은 결혼해 부부가 되었습니다. 브라운과 주디스의 만남이 이루어진 데는 아주 극적인 이야기가 숨겨져 있습니다. 주디스는 부탁한 여자에게 오늘 일은 비밀로 해주고, 브라운을 시험했다고 말하지 말고 둘의 비밀로 하자고 말했었지요.

그런데 둘이 만나는 데 큰 역할을 했던 페니라는 여성이 실명을 쓰지 않고 이 사실을 〈영국 타임스〉에 '감동적인 사랑의 실화'라는 제목으로 게재하여 영국 전역에서 큰 화제가 되었습니다. 브라운과 주디스는 50년 동안을 행복하게 살다 한날 몇 시간 간격으로 하늘나라로 떠났습니다.

페니는 이들 장례식이 진행되는 날 이 두 사람이 '감동적인 사랑의 실화'의 실제 주인공이라며 그 자리에 있던 사람들에게 말했지요. 그동안은 비밀로 해달라고 해서 밝힐 수 없었다는 말과 함께. 그러자 사람들은 크게 감동하며 두 사람에게 깊은 존경심으로 명복을 빌어주었습니다.

참으로 가슴 절절히 아름다운 사랑 이야기입니다. 만일 브라운이 페니를 보고 못 본 척했다면 이토록 아름다운 이야기는 알려지지 않았을 것입니다. 브라운은 순간 갈등했지만, 자신이 얼굴도 모른 채 주디스를 사랑한 것에 대한 책임을 다했던 것이지요. 그리고 그런 남자라면 자신의 일생을 맡겨도 좋겠다고 주디스는 굳게 믿고 그의 사랑을 받아들였고, 둘은 평생을 행복하게 해로 했던 것입니다.

사랑한다면 이들처럼 해야 합니다. 특히, 브라운의 선택은 감동적입니다. 그는 사랑하는 것이 자신의 사랑이라고 믿고, 주디스의 영원한 사랑이 되었던 것입니다.

진정한 사랑을 하고 싶다면 사랑하는 이의 조건을 보지 말고 내면을 보세요. 그리고 그를 사랑한다는 확신이 들면 먼저 다가가세요. 그리고 온 마음을 다해 사랑하세요. 그것이 진정한 사랑이니까요.

사랑은 쟁취를 통해 비로소 사랑이 된다

사랑은

애원하여 얻을 수 있고,

살 수도 있고, 선물로써 받을 수도,

길가에서 주울 수도 없는 것,

그러나 사랑은,

쟁취하는 일만은 가능한 것이다.

_ 헤르만 헤세

독일의 시인이자 소설가인 헤르만 헤세(Herman Hesse)는 사랑에 대한 적극적인 철학을 보여줍니다. 다음의 글에는 이러한 그의 철학이 잘 나타나 있습니다.

"사랑은 애원하여 얻을 수 있고, 살 수도 있고, 선물로써 받을 수도, 길가에서 주울 수도 없는 것, 그러나 사랑은 쟁취하는 일만은 가능한 것이다."

헤르만 헤세의 말을 좀 더 확장시켜 말한다면 사랑을 얻으려고 애원하지 말고, 돈으로도 사려고 하지 말고, 선물로도 환심을 사려고 하지 말고, 길가에서 주울 수 있는 것도 아니니 오직 열정을 갖고 적극적으로 대시를 하라고 이르는 말이지요.

헤르만 헤세의 말은 매우 적확한 지적이 아닐 수 없습니다. 사람들의 심리는 아주 오묘해서 아무렇지도 않은 것처럼 하다가도, 누군가가 적극적으로 관심을 표명하면 그에게 매력을 느끼곤 하지요. 또한 자신에게 관심을 갖는 것을 부담스러워하거나 관심이 없다가도 지속적으로 관심을 보이며 적극적으로 다가가면, 어느 순간 그가 자신의 마음 안으로 들어온 걸 발견하게 되지요. 그리고 그의 사랑을 받아들이게 된답니다.

우리 속담에 '열 번 찍어 안 넘어가는 나무 없다'라는 말이 있듯, 적극적이고 긍정적인 사랑의 방식은 사랑하는 이의 마음을 사게 되고, 마침내는 자신이 원하는 사랑을 얻게 되지요.

그렇습니다. 사랑하고 싶은 사람이 있다면 망설이지 말고 상대가 '오케이' 할 때까지 적극적으로 관심을 표명하세요. 사랑은 쟁취를 통해 비로소 사랑이 되는 것이니까요.

사랑이 찾아오길 기다려서는 안 됩니다. 사랑은 적극적으로 찾아 나서야 합니다. 사람은 누구나 자신에게 적극적으로 사랑을 표현하는 사람에게 관심을 기울이게 되지요. 사랑을 얻고자 한다면 적극적으로 표현하세요.

인생을 버티며 앞으로 나가게 하는 사랑

사랑은 죽음보다도
또한 죽음의 공포보다도 강하다.
사랑,
오직 이것에 의해서만이
일생은 버티어지며 전진을 계속하는 것이다.

_ 이반 투르게네프

48

사랑은 이 세상에서 그 무엇보다도 강합니다. 사랑이 함께하면 죽음 앞에서도 두려워하지 않고, 죽음의 공포도 능히 이겨낼 수 있으니까요.

"당신은 틀림없이 살 수 있어. 그러니 용기를 내. 살 수 있다는 용기 말야."

"난 당신의 의지를 믿어. 당신의 의지가 당신을 반드시 일으켜 세울 거야. 그리고 내가 있잖아. 당신을 위해 최선을 다할 거야."

죽음의 문턱에서도 사랑하는 이의 사랑이 함께 하면 살고자 하는 강한 욕구가 분출되지요. 그래서 '죽음의 공포'를 극복하는 데 큰 힘이 된답니다. 사랑하는 이의 사랑은 '창조적인 에너지'이자 '긍정의 불꽃'이기 때문입니다.

오래전 조난을 당한 남자가 사랑하는 여자를 떠올리며 평소에 그녀가 자신에게 했던 말을 되새기며 하루하루를 버틴 끝에 구조된 적이 있습니다. 사랑하는 여자가 그에게 했던 말은 "만일 피치 못할 일에 놓이게 돼도 항상 자기 옆에는 내가 함께한다는 것을 잊지 마. 그러면 반드시 극복할 수 있을 거야"라는 말이었습니다. 그는 죽음의 공포를 느끼며 두려움에 떨면서도 사랑하는 여자가 자신과 함께한다는 확신으로 버티어 냈고, 마침내 구조되었던 것이지요. 이처럼 사랑하는 사람은 신비로운 능력을 품고 있습니다. 그래서 어떤 상황에서도 사랑하는 이의 사랑만 있다면 능히 극복해냄으로써 미래를 향해 나아가는 힘을 얻게 되지요.

러시아의 소설가이자 《아버지와 아들》로 널리 알려진 이반 투르게네프(Ivan Turgenev)는 사람들이 인생을 버티며 앞으로 나가는 것은 바로 '사랑'에 의해서라고 말합니다.

그렇습니다. 모든 사람은 자신만이 간직한 '사랑의 힘'으로 힘들고 어려운 일을 이겨냄으로써 자신이 바라는 인생을 살게 됩니다. 사랑은 이 세상의 모든 것이며, 무한 광대한 힘을 가진 창조적이며 생산적인 에너지이기 때문이지요.

사랑의 힘은 실로 위대합니다. 죽음 앞에서도 사랑하는 이의 사랑이 함께하면 능히 극복하게 되니까요. 인생의 기쁨을 누리며 살고 싶다면 사랑하십시오. 사랑은 창조적이며 생산적인 에너지를 품고 있는 삶의 동력이랍니다.

어려운 사람들과 함께 나누는 사랑

타인의 비탄을 동정함에서,

타인의 곤경을 따뜻이 구원함에서,

밤의 어둠과 겨울눈에서,

헐벗고 버림받은 자들과 더불어

사랑을 구하라.

거기 사랑이 있다.

_ 윌리엄 블레이크

버림받은 이들과 가난의 고통, 병마에 시달리는 사람들을 위해 헌신한다는 것은 지극한 사랑이 없으면 하지 못합니다. 그들을 자신처럼, 가족처럼 생각하는 마음이 있어야만 가능한 일이니까요. 또한 거기에는 그 어떤 조건이 따라서도 안 됩니다. 조건을 다는 사랑은 그 어떤 사랑도 제대로 된 사랑이 아니니까요. 조건을 다는 사랑은 진실성이 결여된 허무한 사랑입니다.

〈티파니에서 아침을〉, 〈전쟁과 평화〉, 〈로마의 휴일〉 등 수많은 영화에서 열연을 펼치며 세기의 연인으로 사랑받은 오드리 헵번(Audrey Hepburn). 그녀는 벨기에 출생의 영국 배우로 깜찍하고 귀여운 미모에 매혹적인 눈과 그녀만의 허스키한 목소리, 그리고 백합화를 닮은 청순한 이미지와 연약함은 많은 팬들에게 깊은 인상을 주어 그 어떤 여배우에도 뒤지지 않는 사랑받는 배우였습니다. 그녀의 이미지는 너무 강해 지금도 깊이 각인되어 있지요. 그녀는 〈티파니에서 아침을〉을 통해 유명해졌으며 〈로마의 휴일〉에서의 열연으로 아카데미 여우주연상을 수상했지요. 이 외에도 골든 그로브상, 에미상, 그래미상을 수상했습니다.

그녀는 1999년 미국영화연구소가 선정한 '지난 100년 동안 가장 위대한 인물 100명의 스타' 여성 배우 목록에서 3위에 오르기도 했습니다.

오드리 헵번의 삶이 아름답고 고귀한 것은 그녀가 영화배우로서 이룬 업적이 아닙니다. 그녀가 영화배우의 직을 내려놓은 후의 행보에 있습니다. 그녀는 유니세프 홍보대사로 활동하며 아프리카, 아시아, 남미 등지에서 헌신적으로 자신의 후반부 인생을 보냈지요. 더구나 암에 걸린 상황에서도 그녀는 자신의 목숨이 다할 때까지 헌신했습니다. 그녀가 화려한 은막의 세기적인 배우로서 헐벗고 굶주린 어린이들을 위해 헌신할 수 있었던 것은, 생명의 존엄성을 누구보다도 잘 알았기 때문입니다.

그녀가 많은 사람들에게 기억되고 존경받는 것은 세계 영화사에 두고두고 남을 명배우이기 때문이기도 하지만, 사랑과 헌신으로 봉사활동에 그녀의 마지막 인생을 아낌없이 바쳤기 때문입니다.

한 인간으로서 자신의 인생을 의미 있게 살고 싶다면, 자신의 형편에 맞는 사랑을 실천해 보세요. 사랑을 실천한다는 자체만으로도 충분히 보람되고 충만한 행복을 느끼게 될 것입니다.

어려움에 처한 사람들에게 자신의 사랑을 나누어 주는 것처럼 보람된 일은 없습니다. 사랑을 나눈다는 것은 자신의 모두를 나누는 것과 같기 때문이지요.

나머지 하나까지 아낌없이 주는 사랑

사랑이란 하나를 주고
하나를 바라는 것이 아니라,
둘을 주고 하나를 바라는 것도 아니다.
아홉을 주고도 미처 주지 못한 하나를
안타까워하는 것이다.

_ 토머스 브라운

사랑은 아까워하는 마음으로는 절대 줄 수 없습니다. 기꺼이 즐거운 마음으로 주는 것이 사랑이지요. 그런데 명상록《종교의학》으로 잘 알려진 영국의 작가이자 의사인 토머스 브라운 (Tomas Browne)은 아홉을 주고 남은 것 하나를 주지 못해 안타까워하는 것이 사랑이라고 말합니다. 이런 마음을 갖고 있으면 결국에는 나머지 하나까지 마저 주고 만답니다. 이런 사랑이야말로 완벽한 사랑 그 자체라고 할 수 있습니다.

그러나 이런 사랑을 줄 수 있다는 것은 쉽지 않습니다. 그것은 하나님에 가까워지는 완벽한 사랑이기 때문이지요. 하지만 그것에 가까이할 수 있다면 그것만으로도 충분히 위대한 사랑이라고 할 수 있지요.

김남조 시인은 시 〈너를 위하여〉에서 사랑하는 이에 대한 절대적인 사랑을 잘 보여줍니다. 시적 화자는 사랑하는 이를 위해 자신이 살고, 소중한 것은 무엇이나 주고, 이미 준 것은 생각지 아니하고 못다 준 사랑만을 기억하겠다고 말합니다. 그리고 사랑하는 이를 위해 세상에 존재하는 모든 것은 이름이 있고, 기쁨이 있다고 말합니다.

이 시를 읽을 때마다 내 마음속에는 깊은 감동이 강물 되어 흐르지요. 어쩌면 이토록 사랑하는 사람에게 절대적인 사랑을 줄 수 있을까, 생각하면 가슴이 벅차오르기 때문입니다. 이런 사랑을 고백하고 준다는 것은 누구나 할 수 없는 일이기에 더더욱 감동으로 다가오는 것이지요.

요즘 젊은이들을 보면 사랑을 한다면서 사랑하는 이의 마음을 아프게 하는 이들이 많습니다. 데이트 폭력이 난무하고, 사랑하는 사람에게 돈을 요구하고, 자신의 마음에 안 든다고 비난을 퍼붓습니다. 이것은 사랑이 아니지요. 사랑을 가장한 거짓 사랑이지요. 이런 사랑은 반드시 끊어버려야 합니다. 그렇지 않으면 불행을 자초하게 되니까요.

더는 줄 수 없어 안타까워하는 사랑, 이런 사랑이야말로 사랑하는 이를 감동하게 함으로써 자신 또한 충만한 행복을 선물 받게 된답니다. 사랑하세요. 더는 줄 수 없어 안타까워하는 사랑, 이런 사랑을 하십시오.

아홉 가지를 주고도 더는 줄 수 없어 안타까워하는 사랑, 이런 사랑을 할 수 있다면 그 사랑은 최고의 사랑이라고 할 수 있습니다. 그것은 완벽에 가까운 사랑이기 때문이지요.

사랑하라, 더 많이 사랑하라

사랑의 치료법은

더욱 사랑하는 것 이외에는 없다.

_ 헨리 데이비드 소로

미국의 시인이자 수필가로 노예제도와 멕시코전쟁에 항의하여 월든의 숲에 작은 오두막집을 짓고 살면서, 실천적 행동이 개인과 사회에 미치는 가치에 대해 잘 보여준 헨리 데이비드 소로(Henry David Thoreau). 그는 아픈 사랑을 치료하는 것은 보다 더 많이 사랑하는 것이 최선이라고 말했지요.

그러니까 사랑의 아픔은 그 무엇도 아닌, 오직 사랑으로만 치료해야 한다는 것이지요. 이런 사랑은 연인 간의 사랑, 부부간의 사랑은 물론 친구 간의 우정이나 일반적 사랑의 관점에서 볼 때도 마찬가지입니다.

이는 사랑의 결핍 또한 마찬가지이지요. 사랑의 결핍에 시달리는 사람은 늘 마음이 허하니까요. 그래서 기쁜 것을 보고도 기뻐하지 못하고, 사랑받는 사람을 보면 내심 부러워하고 늘 사랑에 목이 마르지요. 사랑의 결핍에 시달리는 사람에게도 더 많은 사랑이 필요합니다. 사랑으로 마음이 아픈 사람이나 사랑의 결핍으로 마음이 허한 사람 모두에게 사랑은 좋은 치료제입니다.

소로는 인두세 거부로 투옥당했으며, 노예운동에 헌신했지요. 그의 일생은 물욕과 인습의 사회 및 국가에 항거하여 자연과 인생의 진실에 관한 문제에 대해 연구하고 그것을 저술하는 매우 의미 있는 삶이었습니다. 그의 이런 사상은 간디와 마틴 루터 킹 목사에게 큰 영향을 주었지요.

소로가 약자들과 소외계층을 위해 그리고 물욕과 인습 및 인생의 진실을 위해 평생 살았던 것은 타인을 사랑하고 존중하는 마음에서였습니다.

그렇습니다. 소로가 그랬듯이 사랑이 필요한 사람들을 위해 사랑을 나눠주는 삶을 살아야 합니다. 사랑이 필요한 사람에게 사랑은 좋은 치료법이자, 또한 자신에게는 특급 마음의 정화제이니까요.

사랑이 필요한 사람들을 위해 자신의 사랑을 나눠주는 것은 참 가치 있는 일이지요. 사랑의 실천은 인간의 삶에 있어 가장 궁극적인 일이며 가장 인간다운 행위이니까요. 사랑하세요. 당신이 사랑하는 사람들을 더 많이 사랑하세요.

자신을 사랑하듯 타인을 사랑하라

다른 사람의 존재를 자신의 존재만큼

소중히 여기기 시작할 때

비로소 사랑은 시작된다.

_ 앤 설리번

사람은 대개 자기애가 강합니다. 자신이 자신을 사랑하는 것은 지극히 당연하니까요. 그러나 타인을 대하는 데 있어서는 경계심을 드러내곤 합니다. 내가 상대를 이겨야만 하는 시대이고 보니, 이를 합리화시키려고 하는 데 주된 원인이 있다고 하겠습니다. 이는 치열한 경쟁시대의 병폐라고 할 수 있지요. 그래서일까, 이익이 따르지 않는 것엔 관심을 기울이지 않으려고 합니다. 이럴 때 귀감이 되는 감동적인 이야기입니다.

사회주의 운동가이자 교육자로 열정적인 삶을 살았던 헬렌 켈러(Helen Adams Keller). 그녀는 정상적으로 태어났지만 심한 열병으로 시력과 청력을 잃어버렸고 말도 할 수 없었습니다. 한 사람이 감당하기에는 천형과도 같았고 운명으로 간주하기에는 너무나 가혹했지요. 그러던 어느 날 그녀의 운명을 바꾸어 놓을 앤 설리번을 가정교사로 맞이하게 되었습니다. 설리번은 헬렌 켈러를 위해 존재하는 사람 같았습니다. 정상인들보다 몇 배의 인내심이 요구되었지만, 설리번은 헬렌 켈러에게 단어 하나를 가르치기 위해 다양한 방법을 사용했습니다. 후각을 이용하기도 하고 손바닥에 글씨를 써주기도 했습니다. 설리번의 학습법은 매우 효과적이었습니다. 헬렌 켈러는 단어를 익히고 의미를 익혀나가는 데 흥미를 보였지요. 두 사람의 노력 끝에 헬렌 켈러는 펄킨스 시각장애 학교에 입학하여 공부하게 되고 이후 뉴욕으로 이사하여 폭넓은 공부를 하며 케임브리지 학교를 거쳐 레드클리프 대학교에 입학하여 좋은 성적으로 졸업했습니다.

그 후 헬렌 켈러는 사회문제를 비롯한 여성들의 지위 향상을 위해 노력하고, 전쟁을 반대하고, 이주노동자들의 인권을 보호하는 등 인권운동가와 작가로 활발하게 활동하며 역사적인 인물이 되었지요.

그녀가 최악의 상황에서 성공한 인물이 될 수 있었던 데에는 헌신적인 앤 설리번이 있었습니다. 앤 설리번처럼 자신을 사랑하듯 타인을 사랑한다면, 그것은 자신의 인생의 가치를 빛나게 하는 숭고한 일이 될 것입니다.

자신을 사랑하듯 타인을 사랑한다는 것은 수련을 쌓는 일과 같습니다. 수련을 통해 삶을 성찰하듯, 타인을 돕고 사랑함으로써 자신의 인생의 가치를 끌어올려야 합니다. 그것이야말로 최선의 삶을 사는 일이니까요.

함께 나란히 걷는 사랑

사랑이란 마술사는 두 사람이
서로 다른 방향으로 걷고 있다 할지라도
항상 곁에서 나란히 걷고 있는 것처럼
느끼게 해주는 것이다.

_ 휴 프레이더

사랑의 힘은 인간의 상식을 뛰어넘습니다. 그 어떤 것도 사랑을 이기지 못하니까요. 환경이 다르고, 배움이 다르고, 가치관이 다른 사람도 서로 사랑하게 되면 상대에게 자신을 맞춰주게 됩니다. 제 눈에 안경이라는 말도, 눈에 꺼풀이 씌었다는 말도 '사랑'의 위력을 잘 보여주는 말이지요. 사랑하게 되면 얼굴에 팥알만 한 점이 있어도 눈이 들어오지 않고, 뻐드렁니도 눈에 들어오지 않습니다. 사랑이 그 모든 것을 가려버리고 좋은 모습만 눈에 들어오게 하니까요.

이런 사랑의 속성에 대해 미국의 목사이며 강연가이자 《나에게 쓰는 편지》의 저자인 휴 프레이더(Hugh Prather)는 사랑을 '마법사'라고 비유합니다. 사랑이 마법을 부리기 때문에 두 사람이 서로 다른 방향으로 걷고 있다 할지라도 항상 곁에서 나란히 걷고 있는 것처럼 느끼게 해준다는 것이지요.

"나는 회를 별로 안 좋아하지만 자기가 맛있게 먹으니까 나도 한번 먹어 봐야지."

회를 안 좋아하던 사람도 사랑하는 이가 좋아하니까 자신도 먹고 싶다고 말하며 회를 먹는 이들을 종종 보게 됩니다.

"나는 바다는 좋지만 산에 오르는 것은 별로야. 그런데 자기가 그렇게도 좋아하니까 이번 주말엔 나도 갈래."

산을 싫어하던 사람이 사랑하는 사람이 산을 좋아하니까, 자신도 가겠다고 말합니다.

자신이 싫은 것도 사랑하는 이가 좋아하니 함께하다 나중엔 자신이 더 좋아하게 되는 것을 흔히 보게 됩니다. 이것은 바로 사랑이 마법을 부림으로써 일어나는 현상이지요.

그렇습니다. 사랑하게 되면 무엇이든 함께하게 되지요. 이것이 사랑의 마법, 즉 사랑의 힘인 것입니다.

사랑은 두 사람이 한 곳을 바라보는 것입니다. 그리고 그곳을 향해 나란히 함께 가는 것이 사랑이지요. 그래서 사랑한다는 것은 몸도 마음도 둘이 하나가 되는 것이랍 니다.

사랑할 수 없는 슬픔

사랑받지 못하는 것은 슬프다.

그러나

사랑할 수 없는 것은 훨씬 더 슬프다.

_ 미겔 데 우나무노

사랑하고 싶은데 용기가 없어 사랑할 수 없다면, 그것처럼 안타깝고 슬픈 사랑은 없지요. 사랑하는 데 무엇보다 필요한 것은 용기를 갖는 것입니다. 아무리 사랑하고 싶은 사람이 있다고 해도 "나는 당신을 사랑합니다. 당신과 같이 아름다운 사랑을 하고 싶습니다. 나의 사랑을 받아주시겠습니까?" 하고 말할 수 없다면 그 사랑은 그림의 꽃과 같습니다. 진정으로 사랑하는 사람이 있다면 용기 있게 사랑한다고 고백할 수 있어야 합니다. 가만히 있는데 찾아오는 사랑은 어디에도 없으니까요.

　그대가 있기에 나는 사랑으로부터 도망치기를 멈추었고
　더 이상 내 자신 속에서만 살기를 원치 않으며
　그대 안에서 살기를 원합니다.
　그대의 말에 화답하고 또한 내 말에 대한
　그대 화답을 통해 나는 성숙해 갈 것입니다.
　그대를 내 삶 속에서 결코 내보내고 싶지 않습니다.
　그대를 만나게 된 것이 이제까지 내게 일어난 일 가운데
　가장 좋은 일이기 때문이니까요.

　이는 에드워드 오브리니스의 〈그대 안에서 살기를 원합니다〉라는 시입니다. 이 시의 주제는 '꿋꿋하고 용기 있는 사랑'입니다.

시적 화자의 고백에서 그가 사랑하는 사람은 그에게 있어 '절대적 존재'라는 것을 알 수 있습니다. 이 시의 시적 화자의 고백은 너무도 멋지고 당당합니다.

사랑하는 사람의 사랑을 얻기 위해서는 이 시의 화자처럼 용기 있게 말하고 행동할 수 있어야 합니다. 그래야 사랑하는 사람도 그 사람에게 믿음을 갖게 되고, 신뢰하게 됨으로써 자신의 사랑을 주려고 할 것입니다.

그렇습니다. 사랑은 용기입니다. 용기 있는 사람만이 진정 자신이 바라는 사랑을 얻는 법이니까요.

사랑하고 싶다면 먼저 용기가 있어야 합니다. 용기가 있어야 사랑하는 사람에게 사랑을 말할 수 있으니까요. 그렇습니다. 사랑은 용기 있는 자만이 할 수 있는 아름답고 행복한 가치랍니다.

사랑받기보다는 사랑하라

남에게 사랑받기 위해 애쓰지 마라.
다만 사랑하라.
그러면 당신도 또한 사랑을 얻을 것이다.

_ 레프 톨스토이

사람은 대개 사랑을 주기보다는 받는 것을 더 좋아하고 바라지요. 주는 것은 아깝지만, 받는 것은 자신을 기분 좋게 하는 '복'과 같이 여기기 때문입니다. 그래서 많은 사람으로부터 사랑받는 것을 크나큰 즐거움으로 여기고, 그만큼 자신의 능력이 빼어남을 은근히 과시하곤 합니다.

그런데 이와 같은 행위에 대해 러시아 국민작가이자 사상가로 《전쟁과 평화》, 《부활》, 《안나 카레니나》, 《톨스토이 인생론》 등 많은 명작을 남긴 레프 톨스토이(Lev Tolstoy)는 "남에게 사랑받기 위해 애쓰지 마라. 다만 사랑하라. 그러면 당신도 또한 사랑을 얻을 것이다."라고 말했습니다. 그가 이런 말을 남긴 데에는 자신이 자라온 환경에 기인하는 바가 크지요.

톨스토이는 부유한 명문 백작가의 4남으로 태어났습니다. 그러나 불행하게도 그의 나이 2살 때 어머니를 잃고, 아버지마저 여읜 채 친척에 의해 양육되는 불행한 어린 시절을 보냈습니다. 이러한 환경은 그가 성인이 돼서 가난하고 소외된 사람들을 위해 헌신하는 삶을 사는 데 동기부여가 되었지요.

톨스토이는 러시아 정교회의 독실한 신자로 가난하고 소외받는 약자를 위해 헌신했습니다. 자신의 노예들을 풀어주고, 가진 것을 나눠주었지요. 그의 이런 생각과 실천적 행위는 '톨스토이즘'이라는 사상을 만들어냈습니다. 그는 '톨스토이주의'의 창시

자로서 실천자로서 착취에 기초를 둔 일체의 국가적, 교회적, 사회적, 경제적 질서를 비판하는 동시에 그 부정을 폭로하고 악에 대항하기 위한 폭력을 부정, 기독교적 인간애와 자기완성을 주창했습니다. 그는 불세출의 작가며 철저한 자기완성을 위한 종교인이었지요.

사랑을 받기보다 먼저 베풀어야 하는 것에 대해 신약성경 마태복음(7장 12절)은 다음과 같이 말합니다.

"무엇이든지 남에게 대접을 받고자 하는 대로 너희도 남을 대접하라."

이는 남에게 대접을 받으려 하지 말고 대접받고자 하는 대로 먼저 대접을 하라는 것을 뜻합니다.

그렇습니다. 사랑을 받으려고 하지 말고 먼저 베풀 때 더 큰 사랑을 받게 되지요. 사랑하세요. 사랑하되 당신이 먼저 사랑하세요.

사랑을 받고자 하는 대로 먼저 사랑을 베풀어야 합니다.
사랑의 가치는 자신이 먼저 남에게 줄 때 그만큼 커지는 것이니까요.

자신을 먼저 사랑하기

사랑을 시작하기 전에

반드시 배워야 하는 것은

자신을

먼저 사랑하는 것이다.

_ 데드 에고

자신을 사랑하지 않는 사람은 남도 사랑할 수 없습니다. 자신에 대한 애착이 너무 지나쳐도 문제지만, 자신을 사랑하지 않으면 남에게 무관심하거나 함부로 대하게 되기 때문이지요.

자신을 사랑하게 되면 '나는 소중한 사람이야. 소중한 만큼 내 인생을 멋지게 살 거야'라고 스스로를 중요한 사람이라고 여기게 됩니다. 이런 마음을 갖게 되면 자존감(自尊感)이 높아지지요. 미국의 심리학자로 근대 심리학의 창시자로 불리는 윌리엄 제임스(William James)는 자존감에 대해 이렇게 말했습니다.

"자존감(self esteem)이란 자신이 사랑받을 만한 가치가 있는 소중한 존재이고 어떤 성과를 이루어낼 만한 유능한 사람이라고 믿는 마음이다."

아주 적확한 지적이라고 할 수 있습니다. 자존감을 갖게 되면 소중한 자신은 사랑받을 가치가 충분히 있고, 그런 만큼 인생의 좋은 결과를 이뤄내야 한다고 스스로에게 다짐하며 노력하게 됩니다. 나아가 남을 사랑하는 마음도 갖게 되지요.

이처럼 자신을 사랑한다는 것은 자신뿐만 아니라, 남도 사랑하게 되는 매우 생산적이고 긍정적인 일입니다. 이에 대해 데드에고는 "사랑을 시작하기 전에 반드시 배워야 하는 것은 자신을 먼저 사랑하는 것이다"라고 말합니다.

그렇습니다. 남을 사랑하고 이해하기 위해서는 자신을 먼저 사랑해야 사랑하는 법을 배우게 된답니다.

지금 이 순간 자신에 대해 생각해보세요. 자신이 자신을 사랑하는지를. 만일 사랑하지 않는다는 생각이 들면 지금부터라도 자신을 사랑하세요. 그것이 자신을 잘 되게 하고 남과의 사이를 좋게 하는 지혜이니까요.

자신을 사랑하는 자는 남을 사랑하지만, 자신을 사랑하지 않는 사람은 남도 사랑하지 않습니다. 자신을 사랑하지 않으면, 남을 사랑하는 법을 모르기 때문이지요.

깊이 사랑하는 것들

우리가 깊이
사랑하는 모든 것들은
언젠가 마침내
우리 자신의 한 부분이 된다.

_ 헬렌 켈러

자신이 사랑하는 물건은 자기 분신과 같아, 있다가 없으면 허전한 마음에 견딜 수 없습니다. 물건은 생명이 없는 무생물이지만 오랫동안 지니고 있으면, 손때가 묻게 되고 온기가 배어 있어 마치 생물처럼 여겨지기 때문이지요.

아주 오래전 아끼던 다이어리가 있었습니다. 그 다이어리에는 나의 20대 초반 기록이 담겨 있어 마치 내 분신과도 같았지요. 그런데 어느 날 아무리 찾아도 찾을 수가 없었습니다. 여러 차례를 이사하는 과정에서 분실이 된 것 같았습니다. 그때의 상실감은 소중한 친구를 멀리 떠나보낸 것처럼 허전했을 뿐만 아니라, 20대 초반의 소중한 기억이 사라진 듯하여 너무도 속상했습니다.

이는 사람 간에도 마찬가지입니다. 오랜 친구는 지금 내가 무엇을 원하는지, 무엇을 좋아하고 싫어하는지, 습성은 어떤지, 어떤 음식을 좋아하고 싫어하는지, 가치관은 어떤지 세세토록 알지요. 마치 둘은 하나인 듯 서로에 대해 모르는 것이 없습니다. 그래서 오래된 친구는 마치 자기 분신과도 같다고 하는 것이지요.

또한 깊이 사랑하게 되면 눈빛만 봐도 사랑하는 사람이 어떤 생각을 하는지를 알 수 있고, 외모도 서로 닮아지게 됩니다. 오랫동안 살아온 부부나, 오랫동안 연인으로 지내온 사람들에게 사랑하는 사람은 제2의 자신이라고 할 수 있습니다.

이에 대해 미국의 사회주의 운동가이자 교육자로 열정적인 삶을 살았던 헬렌 켈러(Helen Keller)는 "우리가 깊이 사랑하는 모든 것들은 언젠가 마침내 우리 자신의 한 부분이 된다"라고 말했습니다.

그렇습니다. 물건이든, 친구든, 사랑하는 사람이든 오랜 시간을 함께하면, 마치 자신 몸에 일부가 된 듯한 느낌에 사로잡히게 된답니다. 특히, 사랑하는 이를 자신의 몸처럼 사랑하되 깊이 사랑하십시오.

오래된 것은 물건이든, 책이든, 옷이든, 친구든, 연인이든 자신의 몸에 일부분과 마찬가지이지요. 오래 함께함으로써 자신의 온기와 숨결이 배어있기 때문입니다. 특히, 사랑에 있어서는 더욱 그렇습니다. 사랑하는 사람을 더욱더 깊이 사랑하세요.

참된 사랑은 서로를 자유롭게 한다

참된 사랑은 이기적이지 않다.

주는 사람이나

받는 사람 모두를 자유롭게 해준다.

_ 카렌 케이시

"자기는 날 사랑한다면서 그렇게도 내 마음을 몰라? 나 완전 자기에게 실망이야. 우리 당분간 만나지 말자."

"미안해. 그날 급작스럽게 회사에 일이 생겨서 그랬어."

"사무실엔 자기밖에 없어? 핑계를 대려면 그럴듯하게 해."

"사실이야. 그 일은 내 업무라서 내가 있어야만 했어. 그러니 화 풀어. 맛있는 것 사줄게."

"됐어. 당분간 만나지 말자."

이 대화에서 보듯 친구가 급한 회사 일로 약속을 지키지 못한 데 대해 불만을 터뜨리고 당분간 만나지 말자고 말합니다. 이처럼 사랑한다고 하면서도 상대방의 입장은 생각지 않고 무엇이든 자신만 위해 달라고 하거나, 모든 것을 자기 기분에 맞추려고 하는 사람을 종종 보게 됩니다. 게다가 사랑하는 사람이 그런 자신의 마음을 몰라주면 불평불만을 늘어놓으며 때로는 화를 내기까지 하지요. 참으로 이기적인 행동이 아닐 수 없습니다. 이런 이기적인 행동은 상대의 기분을 언짢게 합니다. 그래서 그런 일이 자주 반복되면 아무리 성인군자 같은 친구도 나중엔 결별을 선언하게 되지요. 이기적인 사람과 끝까지 함께했다가는 자신의 앞날이 뻔하기 때문입니다.

사랑은 이기적이어서는 안 됩니다. 참된 사랑은 서로를 아낌없이 사랑하되 서로를 자유롭게 해야 합니다. 그랬을 때 사랑은 한층 깊어지고 진실해지니까요.

이에 대해 미국의 수필가로 《사랑의 명상록》의 저자인 카렌 케이시(Karen Casey)는 "참된 사랑은 이기적이지 않다. 주는 사람이나 받는 사람 모두를 자유롭게 해준다"라고 말합니다.

그렇습니다. 참된 사랑은 이기적이어서는 안 됩니다. 어떤 상황에서도 서로에게 충실하되 서로를 자유롭게 해야 합니다. 그것이야말로 서로의 사랑에 대한 예의이자 참사랑이니까요.

참된 사랑은 자신의 이기심을 버림으로써 더욱 강해지고 진실해지는 것입니다. 자신을 버릴 때 사랑하는 사람은 감동하게 되고, 자신 또한 최선의 사랑으로 사랑하는 이를 사랑하게 되기 때문이니까요.

가장 위대한 사랑, 자신을 사랑하는 법

자신을 사랑하는
방법을 배우는 것이야말로
세상에서 가장 위대한 사랑이다.

_ 앤드류 매튜스

자신을 사랑할 줄 모르는 사람은 남도 자신도 사랑할 줄 모릅니다. 하지만 자신을 사랑하면 자존감이 높아짐으로써 자신과 남을 사랑하는 일에 있어 열정을 다하게 되지요. 자신을 사랑하게 되면 매사에 자신감이 생기고, 여유로운 마음과 배려하고 이해하는 마음이 생기기 때문이지요. 자신을 사랑하기 위해서는 어떻게 해야 할까요.

　첫째, 스스로를 인정하는 마음을 가져야 합니다. 그러면 자신을 확신하기 위해 최선을 다하게 되지요. 둘째, 가장 좋은 옷으로 자신을 치장하세요. 멋에서 오는 자신감이 더욱 자신을 당당하게 해주니까요. 셋째, 늘 책을 곁에 두고 읽으세요. 책은 당신을 지적으로 만들어 줄 것입니다. 넷째, 게으름을 경계해야 합니다. 게으름은 당신의 능력을 무용지물로 만들어 버리니까요. 다섯째, "너는 잘 할 수 있어. 너는 반드시 잘 해 낼 거야"라고 늘 자신을 격려하세요. 그러면 보이지 않는 힘이 도와줌으로써 해내게 되니까요. 여섯째, 언제나 긍정적으로 말하고 긍정적으로 행동하세요, 긍정은 곧 자기애를 높이는 가장 확실한 수단이랍니다. 일곱째, "잘 안 될 거야. 나는 할 수 없어"라는 말은 입 밖으로 내지 마세요. 자기 부정은 곧 자기를 부인하는 일이니까요. 여덟째, 정체성을 잃지 않도록 해야 합니다. '나는 누구인가'를 통해 늘 자신의 존재감을 확인하세요. 아홉째, 자신을 위해 시간과 돈을 투자하세요. 그것은 곧 몇 배 또는 그 이상의 결과를 당신에게 되돌려 줄 것입니다. 열 번째, 쓸데없이 남과 경쟁하지 마세요. 그것은 힘만 빼게 하고 당신을 일찍 지치게 하는 비생산적인 일이니까요. 열한 번째, 건강을 위해 투자하세요. 건강을 잃으면 모든 것이 풍요롭다 해도 다 소용없는 일이 되고 만답니다. 열두 번째, 지금과 다른 삶을 살고 싶다면 새로운 변화를 두려워하지 말고, 그 변화를 리드하세요. 그러기 위해서는 항상 공부하는 데 힘쓰고, 새로운 정보를 축적해야 한답니다.

자신을 사랑하는 법을 배우는 것이 가장 위대한 사랑이라는 앤드류 매튜스의 말처럼, 앞에 제시한 12가지를 실천함으로써 자신을 사랑하는 법을 배워야 합니다. 자신을 사랑하면 모든 것을 사랑하는 마음을 갖게 되기 때문이지요.

자신을 사랑하는 법을 배우면 자신은 물론 남을 이해하고 사랑하게 됩니다. 자신을 사랑하게 되면 마음이 여유로워지고 이해하고 배려하는 마음이 길러지기 때문이지요.

누군가를 사랑한다는 것은

누군가를 사랑한다는 것은
자신을 그와 동일시하는 것이다.

_ 아리스토텔레스

사랑을 한다는 것은 한쪽에서 일방적으로 하는 것이 아니라, 남녀가 같은 마음으로 동등한 입장에서 하는 것이지요. 진정한 의미에서 한쪽이 좋아서 하는 사랑은 사랑이라고 볼 수 없습니다. 그것은 혼자만이 하는 짝사랑에 불과하기 때문이지요.

사랑은 동등해야 더 아름답고 사랑으로써의 가치를 지니게 됩니다. 사랑의 무게가 한쪽으로 치우치게 되게 되면, 치우친 쪽 사람은 오만한 사랑을 하게 될 수도 있습니다. 상대를 자기 맘대로 하려고 하고, 때에 따라서는 상대를 업신여길 수도 있기 때문이지요.

사랑의 무게 중심이 가벼운 사람은 상대의 기분을 맞추고 비위를 맞추는 일로 기분이 상할 때가 많습니다. 사랑을 한다면서도 자신이 더 상대를 사랑하는 입장이고 보니 자신도 모르게 그처럼 행동하게 되니까요. 상대의 기분을 거슬려 혹시라도 사랑이 깨지면 어떡하나 하는 마음에서지요.

우리는 이와 같은 일을 주변에서 흔히 목격하곤 합니다. 이는 부인할 수 없는 사실이기에 동등한 사랑, 즉 서로를 자신처럼 동일시해야 온전한 사랑으로 인해 행복할 수 있답니다.

사랑은 상대와 자신을 동일시하는 것입니다. 그래야 동등한 입장에서 원만한 사랑을 할 수 있기 때문이지요. 잘못된 사랑, 불행한 사랑을 보면 한쪽에서 일방적으로 하는 사랑입니다. 이처

럼 구걸하는 사랑은 사랑이 아닙니다. 그것은 자신을 불행하게
하는 쓸쓸한 사랑일 뿐이니까요.

사랑은 자신과 상대를 동일시하는 가운데 동등하게 해
야 합니다. 그래야 온전한 사랑을 함으로써 행복할 수
있답니다. 그러나 한쪽에서 일방적으로 하는 사랑은 사
랑이 아니라 구걸이지요. 구걸하는 사랑은 절대 하지 말
아야 합니다. 그것은 자신을 불행하게 하는 일일 뿐이니
까요.

단
하
나
의
사
랑
의
법
칙

사랑에는 한 가지 법칙밖에 없다.

그것은

사랑하는 사람을 행복하게 만드는 것이다.

_ 스탕달

사랑에 법칙이 있다면 그것은 사랑하는 이를 '최선의 사랑으로 사랑하는 것'입니다. 그래서 사랑하는 사람을 무한한 행복에 사로잡히게 하는 것이지요.

그대는 아주 훌륭하고
존경스럽고 사랑스러운 사람이며
나는 그대가 그런 사람이라는 데에 감사드립니다.
그대 같은 사람은
이제까지도 없었고
앞으로도 없을 것입니다.
그대는 한 사람의 인격체로서
남들과 다른 사람이랍니다.
그대를 그대이게 하는 모든 것은 다
사랑받고 칭찬받을 만한 것입니다.

이는 미국의 시인 피터 A. 맥윌리엄스의 〈그대를 그대이게 하는 모든 것은〉이라는 시입니다. 이 시의 시적 화자는 사랑하는 사람에 대한 자신의 사랑의 감정을 잘 보여주고 있습니다. 사랑하는 사람을 깊이 존경할 뿐만 아니라, 사랑하는 사람보다 더 좋은 사람이 이제까지도 앞으로도 없을 거라고 말합니다. 또 사랑하는 사람이 행하는 모든 것은 사랑받고 칭찬받을 만한 것이라고 말합니다. 그의 고백에서 보듯 그가 사랑하는 사람을 얼마나 사랑하는지를 잘 알게 합니다.

이처럼 사랑하는 사람을 극찬한다면 어느 사람인들 감동하지 않을 것이며 행복하다고 말하지 않을까요. 자신을 세상에서 가장 행복한 사람이라고 감격한 목소리로 말할 것입니다. 그리고 자신 또한 사랑하는 이를 기쁘게 하기 위해 열정적이고 아름다운 사랑을 아끼지 않을 것입니다.

그렇습니다. 사랑에는 단 한 가지 법칙, 즉 '사랑하는 사람을 행복하게 만드는 것이다'라는 스탕달의 말처럼, 사랑하는 사람을 행복하게 하는 것이야말로, 진정으로 자신을 행복하게 하는 일이랍니다.

사랑하는 이를 행복하게 하는 것은 곧 자신을 행복하게 하는 일이지요. 사랑하는 이를 행복하게 하면 자신 또한 사랑하는 이로부터 자신이 한 것처럼 사랑을 받게 될 테니까요.

● 사랑은 끝없는 신비다

사랑은 끝없는 신비이다.
그것을 설명할 수 있는 것이
전혀 없기 때문이다.

_ 라빈드라나트 타고르

동양 최초로 노벨문학상을 수상한 라빈드라나트 타고르 (Rabindranath Tagore)는 사랑에 대해 "사랑은 끝없는 신비이다. 그것을 설명할 수 있는 것이 전혀 없기 때문이다"라고 말했습니다.

타고르의 말에서 보듯 사랑을 한 마디로 설명하거나 정의한다는 것은 대단히 어렵습니다. 사랑은 사람들의 상식으로는 규명하기가 불가능하기 때문이지요. 사랑이란 때로는 맑은 햇살이었다가 또 때로는 안개와 같았다가, 비가 되기도 하고, 웃음이 되기도 하고, 눈물이 되기도 한답니다.

이렇듯 사랑이란 마법을 부리듯 변화무쌍하지요. 이 모두는 사랑하는 사람들끼리 어떻게 사랑을 하고, 서로를 이해하고, 받아들이느냐에 따라 나타나는 현상이랍니다. 또한 성격이 다르고, 자라온 환경이 다르고, 이성에 대한 사랑의 관점이 다르다 보니 당연할 수밖에 없는 일이지요. 그러다 보니 사람마다 사랑에 대한 가치관이 다를 수밖에 없습니다. 사랑은 당사자들의 가치관에 잘 맞게 하면 됩니다. 사랑에는 정해진 공식이 없기에 자신들만의 사랑의 공식을 만들면 되니까요.

이처럼 사랑은 끝이 없는 신비스러움 그 자체랍니다. 그런데 이를 잘 모르고 사랑하는 이를 사랑한다는 이유만으로 자기 입장에서 생각하고, 사랑을 한답시고 멋대로 군다면 그것은 어리석은 사랑에 불과하지요. 그렇게 하다가는 끝내는 차가운 이별을 맞을 수도 있으니까요.

그렇습니다. 신비스러운 사랑을 잘 이어감으로써 행복을 누리며 살고 싶다면, 상황에 따라 그리고 서로의 입장을 잘 이해해야 한답니다. 물론 쉽지 않습니다. 하지만 그렇게 하도록 노력해야 합니다. 그것이야말로 신비스러운 사랑을 성공적으로 해낼 수 있는 최선의 방법이기 때문이지요.

사랑은 퍼내면 퍼낼수록 계속 솟아나는 샘물과 같아, 해도 해도 끝이 없고 신비스럽지요. 신비스러운 사랑을 잘할 수 있는 최선의 방법은 어떤 상황에서도 서로를 이해하고 배려하는 것이지요. 그러기 위해서는 노력하고 또 노력해야 한답니다.

사랑함으로써 사랑을 배우다

우리는 오직 사랑을 함으로써
사랑을 배울 수 있다.

_ 아이리스 머독

가깝게 지내는 화가 탁용준은 불의의 사고로 팔다리를 쓸 수 없는 전신 장애라는 최악의 상황에서도, 약간의 신경이 살아있는 손목에 붓을 고정한 채 한 땀 한 땀 수를 놓듯 그림을 그립니다. 그의 그림을 보면 그의 작업은 구도자의 경건한 의식처럼 고요하고, 담담하고, 경건함 속에서 이루어진다는 것을 알 수 있습니다.

그는 불편한 몸을 하고 있지만, 그의 표정은 너무도 밝고 맑습니다. 온화하고 다정다감한 모습이 아주 평안해 보이지요. 그가 불편한 몸으로 20여 년을 그림을 그리며 지금껏 올 수 있었던 데에는 그의 아내가 있었기 때문입니다. 그의 아내는 남편을 위해 20년이 넘는 긴 세월 동안, 인고의 나날을 보냈다고는 할 수 없을 만큼 곱고 평안한 자태를 지녔지요. 몸이 불편한 남편을 위해 한시도 자리를 비울 수 없는 다람쥐 쳇바퀴 같은 단조로운 생활을, 사랑과 기도로 지켜오며 그를 화가의 길로 서게 한 그의 아내는 살아있는 '사랑의 형상'과도 같습니다.

탁용준 화가는 지금껏 수십 차례의 개인 전시회를 개최했으며, 2권의 그림 에세이를 펴냈습니다. 그리고 여러 권의 책에 그림을 그렸습니다. 그는 화가로서 활발하게 활동을 펼치며 노력한 공을 인정받아 대통령 표창장을 받는 등 건강한 사람들도 하기 어려운 인생의 큰 업적을 쌓았습니다.

그 모든 것은 헌신적인 사랑으로 그를 보살펴주고 빛이 되어 주었던 아내의 사랑이 있었기에 가능했던 것입니다. 나는 그들 부부를 볼 때마다 너무도 아름다운 사랑에 삶의 숭고함을 느끼곤 합니다. 그들이 서로를 아끼고 사랑하는 것은 오직 사랑함으로써 자신들에게 잘 맞는 사랑을 배우고 실천했기 때문이지요. 특히, 그의 아내는 자신의 상황에 잘 맞게 헌신적인 사랑을 배웠던 것입니다.

이처럼 사랑도 자신의 입장에 맞춰 배워야 합니다. 그래야 어떤 상황에 처한다고 해도 지혜롭게 잘 헤쳐나갈 수 있을 테니까요.

사랑을 잘하고 싶다면 사랑하는 법을 배워야 합니다. 상대의 마음을 읽는 법. 배려하고 이해하는 법, 에티켓 등 사랑도 배워야 잘할 수 있는 것이니까요.

최고의 행복

인생에서 최고의 행복은

사랑받고 있음을 확신하는 것이다.

_ 빅토르 위고

인생을 살면서 느끼는 행복감은 사람마다 제각각 다 다르지요. 물질의 풍족함에서 느끼는 행복, 보석을 선물 받았을 때 느끼는 행복, 승진을 했을 때 느끼는 행복, 집을 샀을 때 느끼는 행복, 여행하며 느끼는 행복, 배움을 통해 느끼는 행복, 사랑을 하면서 느끼는 행복 등 행복을 느끼는 방법도 가지가지이니까요.

하지만 그중에서도 사랑을 하면서 느끼는 행복은 그 정도가 다릅니다. 물질이나 선물, 승진하고 집을 샀을 때, 여행하고 배우는 등의 행복은 일시적이어서 오래가지 않는다는 것입니다. 그러나 사랑은 그렇지 않습니다. 사랑이 깨지지 않는 한 사랑에서 느끼는 행복은 오래가고 변함이 없습니다.

그렇다면 왜 사랑에서 느끼는 행복은 오래가고 변함이 없는 것일까요. 그것은 자신이 사랑하는 이로부터 사랑받고 있음을 확인함으로써 행복을 느끼기 때문이지요. 지금 사랑을 하고 있거나 사랑해본 경험이 있는 사람은 이를 잘 알 것입니다. 자신이 사랑하는 이로부터 사랑받는다는 것이 얼마나 들뜨고 행복한 일이라는 것을. 그런 관점에서 볼 때 사랑에서 얻는 행복은 모든 것에 있어 최고의 행복이라고 해도 무리가 없을 것입니다.

이에 대해 프랑스 낭만파 작가 중 대표적인 작가이자 세계의 고전《레미제라블》의 작가로 유명한 빅토르 위고(Victor Hugo)는 최고의 행복은 사랑받고 있음을 확인하는 것이라고 말했습니다.

그렇습니다. 사랑은 이 세상의 모든 것입니다. 사람이 살아가는 데 필요한 최상의 조건을 갖췄다 하더라도 사랑이 없다면 최고의 행복을 느낄 수 없습니다. 최상의 그 모든 조건을 능가하는 것이 사랑이기 때문이지요.

최고의 행복을 느끼고 싶다면 사랑을 해야 합니다. 그리고 사랑하는 이로부터 사랑받도록 해야 합니다. 그러기 위해서는 사랑받을 수 있도록 사랑하는 이를 감동시켜야 합니다. 그것은 곧 자신에게 행복이 되어 돌아올 테니까요.

사랑의 첫 번째 의무

사랑의 첫 번째 의무는
상대방에 귀 기울이는 것이다.

_ 폴 틸리히

자기 계발 전문가이자 강연자로 명저《카네기 처세술》,《카네기 성공철학》의 저자인 데일 카네기(Dale Carnegie)는 "경청은 가장 훌륭한 대화이다"라고 말했습니다. 또 유대인의 지혜서인《탈무드》는 "인간의 입은 하나이나 귀는 둘이다. 이것은 듣기를 배로 하라는 것이다"라고 말합니다. 데일 카네기의 말과《탈무드》의 말은 남의 얘기를 잘 들어주라는 것이지요.

자신이 말을 하는 것도 중요하지만 상대방의 말을 잘 들어주는 것은 더 중요합니다. 누구나 자신의 말에 귀 기울여 들어주는 사람에게 호감을 갖기 때문이지요. 특히, 상대가 사랑하는 사람이라면 더더욱 말을 잘 들어주어야 합니다. 그러면 사랑하는 사람에게 좋은 이미지를 심어주게 되고, 마음이 너그럽고 속이 깊은 사람이라는 인식을 심어주게 됨으로써 사랑하는 사람으로부터 많은 사랑을 받게 될 테니까요.

그런데 사랑하는 사람이 한창 신나게 말을 하는데 중간에서 툭툭 끊고 자기 말을 하려고 한다면, 사랑하는 이에게 성급하고 예의 없는 사람이라는 나쁜 이미지를 심어주게 된답니다. 사랑하는 사람과 행복하고 즐겁게 지내고 싶다면 사랑하는 이의 말을 잘 들어주세요. 그것만으로도 사랑하는 이의 마음을 행복하게 해 줄 수 있기 때문입니다.

그렇습니다. 말이란 자신이 주도하는 것도 좋지만, 사랑하는 사이에는 사랑하는 사람이 더 많은 말을 할 수 있도록 배려하고, 자신은 잘 들어주는 것이 더 긍정적인 결과를 낳게 됩니다. 경청은 사랑하는 사람의 마음을 사는 가장 확실한 방법이니까요.

사랑하는 사람의 말을 잘 들어주는 것만으로도 사랑하는 이의 마음을 충분히 사게 됩니다. 너그럽고 배려심이 좋은 사람이라는 이미지를 심어주기 때문이지요. 그렇습니다. 경청은 가장 훌륭한 대화법이니까요.

사랑하는 것이 인생이다

사랑하는 것이 인생이다.
사람과 사람 사이의
결합이 있는 곳에 기쁨이 있다.

_ 요한 볼프강 폰 괴테

자석이 쇠붙이를 끌어당기듯, 사랑은 사람과 사람을 강하게 끌어당기는 행복의 자석입니다. 부부간의 사랑이든, 부모 자식 간의 사랑이든, 연인 간의 사랑이든, 친구 간의 우정이든 사랑이 함께함으로써 더욱 행복하고 끈끈한 유대관계를 맺게 되니까요.

만일 사랑이 없다면 이 세상은 암흑의 밤과 같을 것입니다. 암흑의 밤은 사람을 두렵게 만들고, 불안과 공포로 초조한 마음을 들게 하기 때문이지요. 그러나 다행히도 세상에는 사랑이 존재하고, 누구나 사랑을 하며 살아가게 됨으로써 자신의 인생을 행복하게 만듭니다.

이렇듯 사랑은 밝고 생동감 넘치는 빛이지만, 사랑이 없다면 암흑과도 같을 것입니다. 이것이 사람에게 사랑이 필요한 이유이지요. 그래서 사람은 사랑할 수밖에 없는 존재입니다.

이에 대해 독일 최고 시인이자 소설가이며, 과학자이자 정치가인 독일 고전주의 문학의 대표작가인 요한 볼프강 폰 괴테(Johann Wolfgang von Goethe)는 "사랑하는 것이 인생이다"라고 말했습니다.

괴테의 말에서도 알 수 있듯 인생은 사랑을 필요로 하고, 사랑을 통해서만 존재가치를 높이고 행복을 영위하게 되는 것입니다. 왜 그럴까요.

사람과 사람 사이의 결합이 있는 곳에 기쁨이 있다는 괴테의 말처럼, 사람은 사람끼리 어울려야 그 속에 즐거움도 기쁨도 함께할 수 있기 때문이지요. 그렇습니다. 사랑은 사람에게 가장 소중하고, 사랑하며 사는 존재가 인생인 것입니다.

사람은 사랑할 수밖에 없는 존재입니다. 혼자서는 너무 외롭고, 불안하기 때문이지요. 사랑이 함께하기에 사람은 즐거움과 행복을 느끼며 삽니다. 그렇습니다. 사랑하며 사는 것이 인생이니까요.

사
랑
과　천
국

사랑하는 것은

천국을 살짝 엿보는 것이다.

_ 카렌 선드

사랑에 푹 빠진 사람의 모습은 너무도 생동감이 넘치지요. 마치 오월의 한창 물오른 싱싱한 나무를 보는 것 같습니다. 늘 즐거움이 넘치고 얼굴엔 미소가 꽃처럼 피어있습니다. 사람들을 대할 때도 기쁜 마음으로 대하고, 몸짓에서도 목소리에서도 따뜻함이 넘쳐나지요.

사랑은 사람을 완전히 다른 사람으로 만드는 힘이 있습니다. 그러나 사랑을 잃은 사람의 모습은 마치 바람 빠진 풍선처럼 축 처지고, 생동감이라고는 찾아볼 수 없습니다. 얼굴엔 우울함의 그늘이 지고, 물기 마른 나무처럼 시들하지요. 그러다 보니 사람들을 피하고, 몸짓에서도 목소리에서도 깊은 슬픔이 묻어납니다. 사랑이 함께할 땐 매사에 자신감이 넘쳐나지만, 사랑이 떠나가면 매사에 자신감을 상실하게 되니까요.

이렇듯 사랑은 사람의 마음을 천국이 되게 했다가, 지옥이 되게도 합니다. 천국의 마음으로 살고 싶다면 언제나 사랑하는 마음을 잃지 말아야 합니다. 사랑의 마음이 늘 가동될 수 있도록 자신을 사랑의 충전소로 만들어야 합니다. 사랑의 기쁨과 충만한 행복은 '천국'의 마음이니까요.

사랑에 대해 카렌 선드는 "사랑하는 것은 천국을 살짝 엿보는 것이다"라고 말했습니다. 매우 적절한 표현이라고 할 수 있습니다.

그렇습니다. 사랑은 천국을 살짝 엿보는 것처럼 황홀하게 하고 행복하게 합니다. 이것이 바로 사람이 사랑을 필요로 하는 이유이지요.

천국의 마음으로 살고 싶으세요? 그러면 사랑하세요. 사랑하되 아낌없이, 미련을 남기지 않도록 사랑하고 또 사랑하세요.

사랑은 천국을 엿보는 것처럼 사람을 기쁘고 행복하게 합니다. 여기서 한 가지 분명히 할 것은 사랑을 천국으로 만드는 것은 오직 자기 자신이지요. 자신의 사랑을 천국으로 만들 것인가, 지옥으로 만들 것인가는 자신이 할 탓이랍니다.

삶의 청량제

사랑은

삶의 최고의 청량제이다.

_ 파블로 피카소

스페인 출신으로 20세기 서양미술의 최고의 화가이자 조각가, 입체파 선구자이며 〈아비뇽의 처녀들〉로 유명한 파블로 피카소(Pablo Picasso). 그는 사랑에도 매우 적극적이었던 것으로 널리 알려졌지요. 그는 마누엘 파야레스, 페르낭드 올리비에 등 많은 여자를 사귀었으며, 젊은 화가인 프랑수아즈 질로와 열렬하게 사랑했지요. 그리고 그녀와 헤어진 후 자클린 로크와 결혼했답니다. 사람들은 피카소에 대해 이렇게 말할 것입니다.

"대단한 바람둥이야."

"아니, 여복이 많은 사람이지."

"무슨 소리, 둘 다야."

물론 충분히 이렇게 말할 것입니다. 그건 분명한 사실이니까요. 그런데 한 가지 분명한 것은 피카소에게 사랑은 단순히 이성에 대한 사랑이 아니라는 것이지요. 그와 사랑을 했던 많은 여자들은 그에게 있어서는 예술의 혼을 일깨우는 대상이었습니다. 말하자면 창조와 발상의 에너지이지요.

그렇습니다. 사랑을 하게 되면 창조적인 에너지가 넘치게 되지요. 그래서 사랑하는 이에게 관심을 끌기 위해 시 한 편 안 읽던 사람들도 시집을 읽는가 하면, 자신의 생각을 어설프게라도 시로 써서 사랑하는 이를 즐겁게 하기 위해 노력하지요.

특히, 사랑은 예술가에게 있어서는 창조적인 에너지를 뿜어

올리는 '창조와 상상의 우물'이지요. 그래서 세계적으로 널리 알려진 예술가 중엔 사랑을 단순히 이성과의 사랑으로만 생각하지 않는 것이지요.

피카소의 작품은 사랑이 만든 예술이라고 할 수 있지요. 사랑은 피카소에게 있어서는 '사랑을 넘은 사랑', 즉 '창조와 상상을 위한 창의적인 사랑'이지요.

사랑하세요. 어찌되었든 사랑은 참 좋은 것입니다. 사랑함으로써 인간은 자유로울 수 있고, 행복할 수 있으니까요.

사랑은 삶을 활기차게 하는 창조적 에너지입니다. 사랑을 할 땐 창조적 에너지가 넘치니까요. 그렇습니다. 사랑은 창조적인 인생을 살아가게 하는 위대한 힘이랍니다.

사랑의 비극은 없다

사랑의 비극이란 없다.

단지

사랑이 없는 곳에서만 비극이 있다.

_ 시몬데스카

사랑이 있는 곳은 화평하고 기쁨이 강물처럼 흐르지요. 사랑이 사람들의 마음을 온유하게 하기 때문입니다. 그러나 사랑이 없는 곳엔 불평과 불만으로 가득 차 서로를 불신하고 공격함으로써 불행이 끊이질 않습니다. 사랑이 메마른 마음은 거칠고 분노로 가득 차 있기 때문이지요.

미국 매사추세츠의 어느 마을에 사람들로부터 내놓은 아이라고 낙인찍힌 소년이 있었습니다. 이 소년은 거친 말과 행동으로 싸움을 밥 먹듯 하여 학교에서는 문제아였습니다. 어느 누구도 그 소년과 함께하길 거부했지요.

그러던 어느 날 새로운 교사가 부임을 해 왔습니다. 교사들의 만류에도 자신이 한번 아이를 바꿔보겠다고 말했지요. 그의 말에 동료 교사들은 콧방귀를 뀌며 곧 두 손 두 발 다 들 거라며 빈정거렸습니다.

새로운 교사는 불평불만을 일삼는 아이를 사랑으로 대해주었습니다. 자신의 마음을 몰라주는 아이가 야속할 때도 있었지만, 언제나 사랑으로 감싸주자 아이가 변하기 시작했습니다. 아이는 자신을 위해 진정성을 갖고 대하는 교사의 행동에 감동한 것이지요. 아이는 완전히 변화했습니다. 아이는 열심히 공부한 끝에 판사가 되었고, 훗날 링컨 대통령에 의해 국무장관이 되었습니다. 그의 이름은 윌리엄 슈워드입니다.

이처럼 사랑의 힘은 참으로 위대하고 고귀하지요. 다음은 사랑이 메마른 가정에서 일어난 이야기입니다.

일본 어느 가정에서 있었던 일입니다. 재수생인 아들이 하라는 공부는 안 하고 놀러나 다니니 부모의 마음은 여간 불편하게 아니었습니다. 그러던 어느 날이었습니다. 아버지가 대금을 결제하려고 카드를 찾으니 카드가 없었습니다. 아들 짓이라는 게 밝혀졌지요. 아들이 아버지 몰래 카드를 훔쳐 무려 100만 원이나 찾아 쓴 것입니다. 아버지는 호되게 아들을 야단쳤습니다. 아버지의 호된 꾸지람에 아들은 몹시 속이 상해 자기 방에 들어가 술을 마시는데, 아버지 눈에 띄었고 아버지가 나무라자 야구방망이로 아버지와 어머니를 때려 숨지게 했습니다. 평소에 아이를 사랑으로 감싸주고 도닥여주었더라면, 그런 비극은 일어나지 않았을 것입니다.

사랑이 있는 곳엔 늘 평화와 행복이 있지만, 사랑이 없는 곳엔 불평과 불행만이 존재할 뿐이지요. 사랑하세요. 사랑만이 세상을 평화롭고 아름답게 할 수 있으니까요.

사랑할 땐 누구나 시인이다

사람은

사랑을 할 때 누구나 시인이 된다.

_ 플라톤

편운 조병화 시인이 살아생전 내게 한 말이 있습니다. 경기도 안성에 있는 편운재를 방문했을 때 했던 말입니다.

"김 시인, 시를 잘 쓰는 비법이 무엇인지 아는가?"

"시를 잘 쓰는 비법이요?"

"그래, 시 잘 쓰는 비법."

생각을 많이 하고, 시를 많이 읽어야 한다는 등의 너무 빤한 얘기가 아닌 듯하여, 미처 대답을 못 하고 엷게 미소를 짓는데 조병화 시인이 대뜸 이렇게 말했습니다.

"연애를 많이 해야 돼."

"연애를요?"

"그래. 연애를 많이 하면 에너지기 넘치지. 그 에너지를 잘 쓰면 시를 쓰는 데 큰 도움이 돼."

편운 선생은 이렇게 말하며 웃었습니다. 나는 그 말을 듣고 그럴 수 있다는 생각을 했지요. 나 또한 그렇게 생각한 적이 있으니까요.

사랑은 창조적 에너지를 생산하는 '에너지 발전소'이지요. 그래서 고대 그리스 대철학자 플라톤은 일찍이 "사람은 사랑을 할 때 누구나 시인이 된다"라고 말했던 것이지요.

참으로 적절한 말이 아닐 수 없습니다. 사랑의 경험이 있는 사람은 누구나 경험했을 것입니다. 자신이 하는 말에는 평소에는 잘 하지 않았던 멋진 말들이 많이 있었다는 것을.

그렇습니다. 사람은 대개 사랑을 할 때 멋진 말로 사랑하는 이의 환심을 사려고 하지요. 그래서 안 읽던 책도 읽게 되는데, 이것이 바로 사랑의 힘인 것이지요.

사랑하세요. 사랑할 수 있는 한 열정적으로 사랑하세요. 사랑하는 만큼 아름답고 행복한 삶을 살 수 있으니까요.

사랑을 하면 누구나 시인이 된다는 말은, 사랑이 그만큼 사람의 마음을 따뜻하게 하고, 감성을 충만하게 하는 까닭이지요. 사랑하세요. 사랑은 참 좋은 마음입니다.

위대한 사랑의 힘

사랑은 보이지 않는 것을 보게 하고

들리지 않는 것을 듣게 한다.

_ 오쇼 라즈니쉬

사랑을 하게 되면 많은 에너지가 발생한다. 그 에너지는 상상을 초월할 만큼 강하고 힘이 넘친다. 사랑을 하면 사랑하는 이에게 최선을 다하려는 마음에서 오는, 보이지 않는 힘으로부터 오는 두려움을 없애는 신비한 능력이 생긴다. 목숨이 위협받는 긴박한 상황에서도 자신의 몸을 사리지 않고, 사랑하는 이를 위해 과감히 내던져 맞서는 것은 그런 이유 때문이다.

그러고 보면 사랑이란 참으로 좋은 것이다. 사랑 앞엔 불가능도 가능하게 되고, 도저히 용서할 수 없는 일까지도 용서가 된다. 이것은 사랑만이 지닐 수 있는 힘, 그 힘이 함께하기 때문이다.

이는 〈불가능을 이기는 사랑의 힘〉이란 잠언입니다. 이 잠언에서 보듯 '사랑'은 무한한 에너지를 품고 있습니다. 사랑의 에너지가 그 어떤 것보다도 강한 것은, 사랑하는 이를 향한 '열정적 사랑'에서 발생하는 에너지이기 때문이지요.

한번 뿜어져 나온 사랑의 에너지는 멈추지 않고, 계속해서 새로운 에너지를 뿜어낸답니다. 그래서 사랑을 하게 되면 슈퍼맨과 슈퍼우먼이 되지요. 그러니 무슨 두려움이 있을까요. 아름답고 행복한 사랑 앞에서는 두려움도 피해 가고, 불가능도 가능하게 되고, 무엇이든 긍정적으로 생각하게 되지요.

그렇습니다. 이 모두는 긍정적이고 생산적인 '사랑의 힘'이 작용하기 때문입니다.

　인도의 명상가이자 철학자인 오쇼 라즈니쉬(Osho Rajneesh)는 "사랑은 보이지 않는 것을 보게 하고 들리지 않는 것을 듣게 한다"라고 말했는데, 이 말은 사랑의 힘이 얼마나 크고 위대한지를 잘 알게 합니다.

　사랑은 참 좋은 것입니다. 아름답고 충만한 삶을 살고 싶다면 사랑하세요. 세상을 다 가진 것처럼 사랑하고 또 사랑하세요.

　　사랑의 힘은 이 세상 그 어떤 것보다도 강하고 위대하지
　　요. 사랑이 함께 하는 순간 두려움은 눈 녹듯 녹아내리
　　고, 불가능한 것도 가능하게 하니까요. 사랑은 가장 아름
　　다운 행복의 원동력이랍니다.

자신을 위한 선물

사랑은
무엇보다도 자신을 위한 선물이다.

_ 장 아누이

누군가를 사랑한다는 것은 그 누군가를 위하는 일인 동시에 자신을 위한 일이기도 합니다. 사랑을 하게 되면 마음이 온유해지고, 너그러워지고, 따뜻해집니다. 그래서 사랑하는 사람뿐만 아니라 다른 사람들에게도 관대해지고, 배려하는 마음을 갖게 되지요. 이런 마음을 갖는다는 것은 자신에게는 '선물'과도 같아, 그 어떤 것보다도 의미가 깊고 크다고 하겠습니다.

그렇다면 왜 이런 현상이 나타나는 걸까요. 그것은 사랑은 사람의 마음을 본질적으로 순화시키는 힘이 있기 때문이지요. 그래서 마음이 포악한 사람도 유순해지고, 이기적인 사람도 이타적으로 행동하게 되고, 자기중심적인 사람도 타인을 돌아보는 눈을 갖게 된답니다. 사랑하게 되면 이런 마음을 가지게 되니, 당연히 사랑함으로써 받게 된 '선물'이라고 할 수 있지요.

이에 대해 프랑스의 극작가 장 아누이(Jean Anouilh)는 "사랑은 무엇보다도 자신을 위한 선물이다"라고 말했지요. 참으로 적확한 지적이 아닐 수 없습니다.

그런데 사람 중엔 돈으로, 권력으로, 명예로 사랑을 사려고 하는 것을 종종 보게 됩니다. 이것은 대단히 잘못된 생각입니다. 그런 사랑은 거짓 사랑일 뿐이지요. 사랑은 돈으로도 살 수 없고, 권력으로도 살 수 없고, 명예로도 살 수 없습니다. 사랑은 오직 사랑만으로 살 수 있을 때 값진 사랑을 하게 되니까요.

그렇습니다. 이런 사랑이야말로 진정성 넘치는 사랑이며, 순결한 사랑이자 온전한 사랑이라고 할 수 있습니다.

사랑은 사랑하는 사람을 위한 일이기도 하지만, 자신을 위한 일이지요. 사랑을 하게 되면 모든 것을 긍정적으로 생각하게 되니까요. 이는 자신에게는 크나큰 선물과도 같습니다. 그렇습니다. 사랑은 스스로를 위한 축복입니다.

태양처럼 뜨거운 사랑

사랑하고 사랑받는 것은
양쪽에서 태양을 느끼는 것이다.

_ 데이비드 비스코트

사랑한다는 것은 일방적인 것이 아니라 쌍방 간의 사랑이 되어야 합니다. 아무리 한쪽에서 열렬하게 사랑한다고 해도, 다른 한쪽에서 그 사랑을 원하지 않으면 아무런 의미가 없는 사랑이 되고 마니까요. 무의미의 사랑, 이런 사랑은 그저 허망한 사랑일 뿐이지요. 그래서 대개 이런 사랑은 한쪽에서의 가슴앓이 사랑으로 끝나곤 합니다.

그러나 서로가 서로를 향한 뜨거운 열망에서 하는 사랑은 서로의 가슴을 뜨거운 사랑의 열기로 가득 채우지요. 서로가 곁에 있어도 보고 싶고, 그리운 사랑, 만났다 헤어지는 순간 아득해져 오는 떨림으로 가득한 사랑, 사랑하는 이만 생각하면 견딜 수 없도록 간절한 사랑, 이처럼 뜨거운 열기의 사랑은 그 어떤 것으로도 끌 수 없고 막을 수 없는 불꽃같은 사랑이지요.

심리상담가인 데이비드 비스코트(David Viscott)는 사랑함에 대해 "사랑하고 사랑받는 것은 양쪽에서 태양을 느끼는 것이다"라고 말했습니다. 참으로 절묘한 표현이 아닐 수 없습니다.

그렇습니다. 사랑은 각자인 둘이 하나가 되는 과정이자 목적이지요. 그래서 사랑을 하는 순간은 감당할 수 없는 사랑의 열기가 두 사람을 에워싸고 하나의 사랑이 되게 하는 것이지요.

이토록 사랑은 참 아름답고 소중한 것입니다. 후회하지 않을 사랑, 그런 사랑을 위해 뜨거운 열정을 다 바치기 바랍니다.

사랑은 열정적으로 해야 합니다. 다시는 사랑하지 못할 것처럼 서로를 뜨겁게 미치도록 사랑해야 합니다. 그래야 후회 없는 사랑으로, 세상을 다 가진 듯 행복할 수 있으니까요.

사랑은 자유의 구현이다

사랑은 지배하는 것이 아니라
자유를 주는 것이다.

_ 에리히 프롬

사람 중엔 사랑을 마치 구속처럼 여기는 이들이 있습니다. 사랑하면 사랑하는 이를 자기 맘대로 해도 좋다고 생각하기 때문이지요. 이런 사랑은 사랑이 아닙니다. 불행을 낳는 씨앗이지요. 사랑한다는 이유로 구속하고 간섭한다면 제대로 된 사랑을 하기란 쉽지 않습니다. 그것을 받아 줄 사람은 없을 테니까요.

사랑하는 연인이 있었습니다.

"자기야, 내가 자기를 얼마나 사랑하는지 알지? 자기는 내게 있어 내 목숨보다도 소중한 사람이야."

"정말? 그 말 믿어도 돼?"

"그럼, 정말이고말고. 자기는 나에겐 크나큰 축복과도 같아."

남자는 늘 여자를 자기 목숨처럼 사랑한다고 말했지요. 그리고 그는 자신의 말처럼 여자를 너무도 사랑했습니다. 여자는 자신에게 진심을 다하는 남자의 진정성을 믿었지요.

둘은 양가 가족과 하객들의 큰 축복을 받으며 결혼을 했습니다. 하루하루가 너무 행복했지요. 그런데 어느 날부터인가 둘 사이에 문제가 생기기 시작했습니다. 남자는 결혼 전과는 달리 사사건건 여자를 구속하고 간섭하기 시작했고, 여자의 항변에 그것은 너무도 여자를 사랑하기 때문이라고 말했습니다. 하지만 반복되는 일에 크게 실망한 여자는 이혼을 요구했고, 결혼한 지 2년도 안 돼 이혼하고 말았습니다. 뒤늦게 크게 후회를 한 남자가 재결합을 요청했지만, 여자는 끝내 등을 돌리고 말았습니다.

독일계 유태인으로 미국 사회 심리학자이자 정신분석학자인 에리히 프롬(Erich Fromm)은 "사랑은 지배하는 것이 아니라 자유를 주는 것이다"라고 말했습니다.

그렇습니다. 사랑은 새로운 행복, 새로운 인생을 위한 자유입니다. 그런데 지배를 한다는 것은 자유를 빼앗는 구속일 뿐이지요. 진실한 사랑을 통해 행복한 인생을 살고 싶다면 사랑을 지배하려고 하지 말아야 합니다. 그것은 사랑을 깨는 일이며, 행복을 포기하는 일이니까요.

진정한 행복을 위해서라면 사랑을 구속하지 마세요. 그것은 사랑을 잃는 일이며, 행복을 파괴하는 일입니다. 사랑의 자유를 누리도록 하세요. 그것이야말로 진정한 사랑이니까요.

자신을 사랑하듯 타인을 사랑한다는 것은 수련을 쌓는 일과 같습니다. 수련을 통해 삶을 성찰하듯, 타인을 돕고 사랑함으로써 자신의 인생의 가치를 끌어올려야 합니다. 그것이야말로 최선의 삶을 사는 일이니까요.

사랑은 함께 같은 방향을 바라보는 것이다

사랑한다는 것은
마주 보는 것이 아니라
함께
같은 방향을 바라보는 것이다.

_생텍쥐페리

프랑스의 소설가이자《어린 왕자》로 유명한 앙투안 드 생텍쥐페리(Antoine de Saint-Exupery)는 사랑에 대해 정의하기를 "사랑한다는 것은 마주 보는 것이 아니라 함께 같은 방향을 바라보는 것이다"라고 말했습니다. 마주 본다는 것은 긍정적인 면에서 좋은 의미를 주지만, 부정적인 면에서는 대립한다는 의미를 포함하고 있지요. 서로가 좋아서 마주 보는 것은 긍정이지만, 서로를 격멸해서 바라보는 것은 부정이기 때문이니까요.

그러나 같은 방향을 바라본다는 것은 긍정적인 의미를 주지요. '같은 방향'을 본다는 것은 마음과 마음이, 생각과 생각이 일치한다는 것을 의미하기 때문이지요.

서로를 너무도 사랑하는 연인이 있었습니다. 그런데 둘 다 뇌성마비를 갖고 있습니다. 둘은 같은 처지라서 더욱 서로에게 집중할 수 있었지요. 서로 같이 있는 것만으로도 참 좋아서 만났다 헤어지는 것이 너무 싫었습니다. 그래서 둘은 결혼하기로 했습니다. 결혼한 그들은 하루하루가 너무도 행복했습니다. 남자는 뻥튀기 장사를 해왔던 터라 결혼을 하고 나서도 뻥튀기 장사를 했습니다. 여자는 남자가 장사하는 동안 옆에서 거들며 함께했습니다.

"자기야, 나 혼자 장사할 땐 힘들었는데, 자기가 옆에서 도와주니 힘도 안 들고 너무 좋다."

"그래? 그건 나도 마찬가지야. 자기와 함께하는 것만으로도 난 너무 행복해."

그들은 이렇게 말하며 활짝 웃었습니다. 그들은 쨍하고 해가 반짝 뜬 날이나, 비가 오나, 눈이 오나, 바람이 부나 언제 한결같이 서로를 격려하며 함께했지요. 하루하루가 너무 행복해 그들의 입가에는 늘 웃음꽃이 피었습니다.

마음과 마음, 생각과 생각이 일치하면 같은 곳을 바라보게 됩니다. 그렇지 않으면 서로 다른 곳을 바라보게 될 테니까요. 늘 같은 곳을 바라보도록 더 많이 서로를 사랑하세요.

늘 사랑이 새롭도록 노력하기

사랑은
바위처럼 가만히 있는 것이 아니라
빵처럼
늘 새로 다시 만들어야 한다.

_ 어슐러 르 귄

사랑도 노력하지 않으면 지금보다 더 나은 사랑을 할 수 없습니다. 그렇게 되면 고인 물이 마르듯 행복도 말라버리게 되지요. 행복이 말라버린 사랑은 더 이상이 사랑이 아니지요. 자칫하면 불행을 맞을 수도 있으니까요.

흐르는 물이 생명을 품고 있듯 사랑도 새롭게 변화되어야 서로의 사랑이 탄탄해지고, 행복도 커지게 되지요. 사랑을 새롭게 하기 위해서는 서로가 노력해야 합니다. 한 사람의 노력만으로는 안 됩니다. 함께 노력해야 서로가 만족할 수 있고, 새로운 사랑을 만들어나갈 수 있습니다.

내가 사는 아파트에는 늘 생동감이 넘치는 이십 대 후반의 여성이 있습니다. 그녀는 인사성이 밝고 언제나 웃는 얼굴을 합니다. 처음 본 나에게 먼저 인사를 한 것도 그녀였고, 가끔 엘리베이터에서 보게 되면 상큼한 목소리로 인사를 합니다. 그녀를 보면 마음이 밝아지고 따뜻해집니다.

그러던 어느 날 어떤 젊은이와 정답게 걸어오다 나를 보고는 밝게 웃으며 인사를 했습니다. 젊은이는 아마도 연인이듯 했습니다. 그런데 나중에 알고 보니 그들은 신혼부부였습니다. 어쩌다 그들을 보면 기분이 좋아집니다. 늘 풋풋한 모습을 하고 있을 뿐만 아니라, 너무도 사랑스러워 보이기 때문이지요.

신혼부부를 볼 때마다 늘 새롭게 보이는 것은 서로에 대한 그들의 사랑의 노력이 함께하기 때문이라는 걸 한눈에 알 수 있었지요. 노력하는 사랑은 당사자에게는 물론 주변 사람들에게도 신선한 에너지를 주는 까닭이지요.

그렇습니다. 미국의 소설가 어슐러 르 귄(Ursuia K. Le Guin)이 말했듯이 사랑은 빵처럼 늘 새로 다시 만들어야 합니다. 새로운 빵이 더 맛있고 입맛을 돋우듯이, 새로운 사랑은 늘 생동감 넘치는 행복을 느끼게 하기 때문입니다. 늘 생동감 넘치는 새로운 사랑을 만들기 위해 노력해야 하겠습니다.

사랑은 날마다 갓 구운 빵처럼 새로워야 합니다. 그래야
지루하지 않고, 늘 생동감 넘치는 사랑으로 행복할 수
있으니까요.

사랑은 마음으로 보는 것이다

사랑은 눈으로 보는 것이 아니라
마음으로 보는 것이다.

_ 셰익스피어

영국 최고의 시인이자 극작가인 윌리엄 셰익스피어(William Shakespeare)는 사랑의 정의에 대해 이렇게 말했습니다.

"사랑은 눈으로 보는 것이 아니라 마음으로 보는 것이다."

셰익스피어의 말에 "무슨 소리야? 사랑을 눈으로 보는 게 아니라 마음으로 보는 거라니." 하고 말하는 이들도 있을 것입니다. 그러나 이 말이 의미하는 것을 곰곰이 생각해보면 이해가 갈 것입니다. 사람들은 대개 사랑하는 사람을 선택할 때 시각적인 것에 의존하니까요. 얼굴이 예쁘다, 눈이 부리부리하다, 키가 크다, 몸매가 좋다는 등 외모적인 것에 관심을 기울이게 되는 것은 바로 시각적인 영향이지요.

하지만 시각적인 영향에 따라 외모에만 집중한다면 언제든지 문제를 안게 되지요. 물론 눈으로도 그 사람의 행동거지를 통해 성격이 어떠한지, 내면은 어떠한지를 읽을 수는 있지요.

그러나 마음으로 볼 때 더 정확히 그 사람에 대해 알게 되지요. 마음이 잘 통하는지, 어떤 가치관을 갖고 있는지, 의식세계는 어떠한지, 자아는 어떠한지, 삶의 목표는 분명한지 등 상대의 내면을 보다 깊이 보게 되니까요.

특히, 마음이 잘 통한다는 것은 매우 중요하지요. 아무리 외적 조건이 좋고, 환경적인 조건이 훌륭하더라도 마음이 통하지 않으면 아름다운 사랑을 엮어나가는 데 문제가 발생하게 되니까요.

그렇습니다. 마음이 잘 통한다는 것은 마음으로 볼 때 더 확연히 드러나게 되고, 사랑은 마음으로 볼 때 더 아름답게 엮어갈 수 있어 더 큰 행복을 느낄 수 있지요.

아름답고 행복한 사랑을 하고 싶은가요? 그렇다면 마음을 맑고 깨끗하게 하세요. 마음이 맑고 깨끗해야 아름답고 행복한 사랑을 선택하는 데 큰 도움이 될 테니까요.

사랑은 마음으로 볼 때 더 분명하고 확실해지지요. 그래서 사랑을 선택할 때는 맑고 깨끗한 마음으로 볼 수 있어야 합니다. 마음을 깨끗하게 하는 것은 곧 아름다운 사랑을 선택하는 지혜인 것입니다.

영원히 행복한 사람

모든 사랑은 달콤하며,

주고받을 수 있는 것,

이런 달콤함을 일으킬 수 있는 사람은

행운아다.

하지만 이것을 잘 느낄 수 있는 사람은

영원히 행복한 사람이다.

_ 셸리

사랑을 맛으로 표현한다면 '달콤함', '고소함', '새콤달콤함'으로 표현할 수 있습니다. 달콤하고 고소함이 사랑의 즐거움과 행복을 느낄 때 나타내는 표현이라면, 새콤달콤함은 즐거움과 행복, 그러면서도 토닥거림에서 오는 사랑의 감칠맛에 대한 표현이라고 할 수 있지요.

사랑의 달콤함만 있으면 그 사랑은 최고의 사랑이라고 할 수 있습니다. 달콤한 사랑은 누구나 원하는 꿀맛 같은 사랑이기 때문이지요. 그래서 이런 사랑을 하는 사람은 그 누구보다도 축복받은 사람이라고 할 수 있지요. 이런 사람은 늘 행복이 넘치지요. 그래서 언제나 싱글벙글 사는 것 자체가 즐거움의 연속이지요.

이에 대해 영국의 시인 셸리(Shelley)는 "모든 사랑은 달콤하며, 주고받을 수 있는 것, 이런 달콤함을 일으킬 수 있는 사람은 행운아다. 하지만 이것을 잘 느낄 수 있는 사람은 영원히 행복한 사람이다"라고 말했습니다.

그렇습니다. 셸리의 말처럼 행복하고 즐거운 사랑이 되기 위해서는 사랑하는 사람끼리 서로 달콤함을 주고받아야 합니다. 그래야 그 사랑은 오래가고 행복 또한 오래 지속될 수 있으니까요. 그리고 그런 사람은 셸리의 말처럼 행운아이며 영원히 행복한 사람이라고 할 수 있지요.

달콤한 사랑을 하기 위해서는 어떻게 해야 할까요.

첫째, 서로가 서로를 인격적으로 존중해 주어야 합니다. 그것은 서로에 대한 깊은 예의이니까요. 둘째, 서로를 배려하고 이해해 주어야 합니다. 배려와 이해는 따뜻한 사랑의 표현이지요. 셋째, 서로에게 진정성을 갖고 대해야 합니다. 진정성은 진실한 마음이니까요. 넷째, 상대가 잘못하면 너그럽게 용서해주어야 합니다. 용서는 아름다운 사랑의 표현이기 때문이지요.

달콤한 사랑을 하기 위해서는 이 네 가지를 꾸준히 실천해 보세요. 그러면 꿀처럼 달콤한 사랑으로 인해 행복한 내가 될 수 있을 테니까요.

달콤한 사랑을 한다는 것은 그 무엇보다도 행복한 축복이지요. 사랑은 행복하기 위해서 하는 거니까요. 행복해지고 싶다면 달콤한 사랑을 하세요. 달콤한 사랑은 서로에게 잘하기 위해 노력하는 사랑이랍니다.

사랑은 죽음보다 강하다

죽음보다
더 강한 것은 이성이 아니라,
사랑이다.

_ 토마스 만

어느 부부가 있었습니다. 남편은 군인이었고, 아내는 만성 신부전증을 앓고 있었습니다. 신장이식 수술을 해야 할 정도로 상태가 심각했지요. 아내는 혈액투석을 주기적으로 해야 하는데 그 고통이 실로 엄청났습니다. 혈액투석의 고통으로부터 벗어나는 유일한 길은 신장을 기증받아 수술하는 것뿐이었습니다. 하지만 신장조직이 잘 맞는 신장을 찾기란 쉽지 않았습니다. 설령 있다고 해도 기증을 받는다는 것은 매우 어려운 일이었으니까요.

신장조직이 잘 맞을 수 있는 확률의 대상은 부모 형제입니다. 그런데 그게 마땅치 않았습니다. 그러자 확률이 5%밖에 안 되는 남편이 조직검사를 받겠다고 나섰습니다. 조직검사 후 놀랍게도 남편의 신장조직이 잘 맞는다는 결과가 나왔습니다. 남편은 신장 기증으로 인해 더 이상 군 생활을 할 수 없을지도 모르는 상황에서도 아내에게 신장을 기증했습니다.

지성이면 감천이라는 말처럼 남편의 정성이 하늘에 닿은 것일까, 수술 후 아내는 많이 호전되었지요. 아내의 수술은 성공적이었습니다. 남편의 정성이 참으로 놀라운 결과를 가져온 것이지요. 그리고 남편은 군 생활을 하느냐, 못하느냐를 놓고 심사를 받아야 했는데 감사하게도 군 생활을 계속해도 좋다는 판정이 내려졌습니다.

아내를 살린 그의 숭고한 정신이 군 심사위원들에게 감동을 주었기 때문이었고, 그는 하프마라톤을 완주할 정도로 몸이 건강했습니다. 사랑하는 아내에게 자신의 한쪽 신장을 기증한 남편의 희생적인 사랑 이야기를 보면서 큰 감동을 받았습니다.

"행복한 가정은 상호 간에 사소한 희생이 없이는 절대로 영위되지 못한다. 희생은 행복한 가정을 만드는 사람을 위대하게 한다."

이는 소설 《좁은 문》으로 유명한 앙드레 지드(Andre Gide)의 말입니다. 그렇습니다. 행복한 가정은 남편과 아내의 사랑과 희생이 함께할 때 이뤄지는 것입니다. 앞의 부부가 다시 행복해질 수 있었던 것은 남편의 사랑의 힘 덕분이었습니다. 사랑은 죽음보다도 더 강한 힘을 갖고 있으니까요.

사랑은 죽음 앞에서도 두려워하지 않습니다. 사랑의 힘은 죽음보다 더 강하니까요. 그렇습니다. 사랑을 이길 수 있는 것은 사랑밖에 없으니까요.

진정한 사랑, 낭만적인 사랑

진정한 사랑은 상대방이

잘 되기를 바라는 것이다.

낭만적 사랑은

단지 상대방이 있기만을 바라는 것이다.

_ 마가렛 앤더슨

앤더슨의 사랑에 대한 정의는 '사랑의 개념'을 잘 보여준 말이라고 할 수 있습니다. 진정한 사랑은 거짓이 없는 사랑이지요. 사랑하는 사람이나 또는 상대방에게 진실한 마음을 건네는 정직한 사랑이지요. 진정한 사랑이 아름다운 것은 진정한 사랑은 자신의 유익을 위해 하는 사랑이 아니기 때문입니다. 그러나 낭만적인 사랑은 사랑의 진정성보다는 아름다움에 더 가치를 두는 사랑이지요. 진정한 사랑이 내면적인 행복을 추구하는 것이라면, 낭만적인 사랑은 사랑을 하나의 멋스러움의 행복으로 추구하는 것이지요. 그런 까닭에 멋스러움이 다 했다고 생각할 땐 언제든지 사랑을 깰 수도 있는 게 낭만적인 사랑의 모순이지요.

물론 사랑에는 진정성과 낭만적인 것이 다 들어 있지요. 사랑은 그런 것이니까요. 하지만 진정 행복하길 바란다면 진정성 있는 사랑을 해야 합니다. 사랑은 세상에서 가장 진정성을 필요로 하는 이상적이면서도 현실적인 삶의 가치이기 때문이니까요.

참다운 행복을 위해서는 진정성 있는 사랑을 하고, 멋스러움의 행복을 위해서는 낭만적인 사랑을 하세요. 하지만 사랑은 진정성이 있을 때 더 가치를 지니는 법이랍니다.

사랑은 최후의 진리이며 본질이다

사랑은
인간 생활의 최후의 진리이며
최후의 본질이다.

_ 찰스 슈왑

146

누군가를 위해 사랑을 베풀며 평생을 산다는 것은 신(神)에 가까운 일입니다. 자신의 인생을 봉사와 헌신으로 보낸다면 더더욱 그것은 신에 가까운 일이지요.

평생을 소록도에서 사랑을 베풀며 보내다 고국인 오스트리아로 돌아간 마가렛, 마리안느 수녀. 그들은 한창 꽃다운 시절인 20대에 낯선 한국으로 왔습니다. 자신들이 믿는 종교적 신념에 의한 선택이었지만, 자신들이 어떻게 살아야 하는지를 잘 알았던 까닭이지요. 그들은 가족들도 꺼리는 한센병 환자들을 위해, 50년 가까운 세월을 소록도에서 보냈던 것입니다.

그들이 왔을 당시인 1960년대의 우리나라는 그야말로 가난한 나라 그 자체였습니다. 더구나 의술도 발달하지 못했던 그런 시기에, 낯선 나라 환자들을 위해 젊음을 바치며 산다는 것은 쉬운 일이 아니지요. 그것은 참으로 대단한 일이며, 용기 있는 일이며, 자신의 모든 것을 다 바치는 숭고한 일이니까요.

그들이 한 일은 단순히 환자를 간호하는 일만이 아니었습니다. 약품과 지원금을 후원받기 위해 노력했고, 외국 의료진을 초청해 장애를 가진 환자의 교정 수술을 하고, 물리치료기를 도입하여 환자들이 사용하는 데 불편함이 없도록 했습니다. 또한 정부에서도 하지 않는 한센병 환자들의 자녀들을 위한, 영·유아원을 설립하여 운영하고 보육과 자활 사업을 도왔지요.

그들은 날마다 5시에 일어나 환자들을 돌보는 일로 시간을 보내느라, 방에는 그 흔한 텔레비전도 없었습니다. 오직 철저한 종교적 신념과 헌신으로 검소하게 생활했고, 사랑을 실천했지요.

일흔이 넘도록 자신의 모든 것을 다 바친 마가렛, 마리안느 수녀. 그들은 평생을 숭고한 일을 하고도 그 어떤 대가도 바라지 않았습니다. 정부에서 추서하겠다는 훈장도 그 어떤 상도 정중히 사양했습니다. 그리고 주변 사람들에게 폐가 된다 하여 알리지 않고 조용히 한국 땅을 떠났습니다.

나이가 들어 제대로 일을 할 수가 없고, 자신들이 있는 곳에 부담을 주기 전에 떠나야 한다고 동료에게 말해왔었는데 이제 그 말을 실천할 때라고 생각합니다. 부족한 외국인으로서 이곳 할머니와 할아버지들에게 사랑과 존경을 받아 감사하며 저희의 부족함으로 마음 아프게 해드렸던 일에 대해 편지로 미안함과 용서를 빕니다.

자신이 가진 것을 다 주고 무소유의 삶을 산 깨끗하고 맑은 마음을 가진 그들이야말로, 진정한 사랑의 가치를 실천하며 살아온 행복주의자였습니다. 그들이 종교적 신념만으로 살았다면, 그토록 오랜 세월을 그처럼 지내오지 못했을지도 모릅니다. 진정한 사랑의 가치를 알았기에 그 오랜 세월을 한결같이 지내올 수 있었던 것입니다. 진정한 사랑의 가치는 모두를 행복하게 하는 생의 축복이니까요.

그런 의미에서 찰스 슈왑(Charles Schwab)의 말은 '사랑'의 정의를 가장 극명하게 보여준 말이라고 할 수 있습니다. 사랑은 인간에게 주어진 그리고 인간이 반드시 해야만 하는 선(善)의 행동이니까요. 사랑이 없다면 인간은 존재할 가치가 없지요. 인간이 존재하는 것은 사랑을 하고 사랑을 실천함으로써 행복을 추구하는 것에 있으니까요. 마가렛, 마리안느 수녀가 평생을 헌신하며 살았던 것은 찰스 슈왑의 말처럼 사랑은 인간에게 있어 '최후의 진리이며 최후의 본질'이라는 것을 잘 알았기 때문입니다.

사랑은 하나님이 인간에게 부여한 선물이자, 반드시 행해야 할 권리인 동시에 의무입니다. 그래서 사랑을 행하면 행복을 느끼게 되고, 인생의 기쁨과 보람을 느낌으로써 사랑의 기쁨을 누리게 되는 것입니다.

사랑은 훌륭한 인생의 교사다

사랑은 못난 학자보다도
월등하게 훌륭한 인생의 교사이다.

_ 아낙 산드리데스

사랑은 모든 것을 가능하게 하는 힘이 있습니다. 마음이 고약한 사람도 사랑으로 얼마든지 순하게 만들 수 있고, 몸이 아픈 사람도 사랑으로 용기를 주면 빨리 완쾌될 수 있지요. 또한 용기가 없는 사람도 사랑으로 이끌어주면 용기를 북돋워 줄 수 있고, 사랑으로 격려하고 칭찬하면 불가능한 것도 가능하게 할 수 있습니다.

미국에 제니스라는 사람이 있었습니다. 그는 아침부터 들떠 있었지요. 교사로 첫출발하는 날이었기 때문입니다. 집을 나온 제니스의 발걸음은 구름 위를 걸어가듯 가벼웠습니다. 학교에 도착하고 나니 비로소 교사가 됐다는 것이 실감이 났지요.

제니스는 자신이 준비한 대로 6교시까지는 수업을 잘 마쳤습니다. 이제 마지막 7교시 수업만이 남았습니다. 제니스는 교실을 향해 걸어갔습니다. 그런데 갑자기 '우당탕 탕탕' 하는 소리와 함께 아이들이 싸우는 소리가 들렸습니다. 제니스는 재빨리 교실로 뛰어갔지요. 교실은 난장판이 되어있었고, 문제아로 낙인찍힌 마크가 어떤 아이를 깔고 앉아 소리쳤습니다.

"야, 머저리 같은 놈아! 난 네 동생을 괴롭히지 않았다고."

제니스는 두 아이를 향해 소리쳤습니다.

"그만두지 못할까! 어서 자리로 돌아가."

제니스의 말에 아이들은 서로를 노려보며 제자리로 돌아갔습니다. 아이들은 불만으로 가득 차 있었습니다. 다른 교사들은 아이들에 관심을 기울이지 않았습니다. 들은 얘기로는 아이들은 이민자 가정의 아이들이었습니다. 아이들은 공부하고는 담을 쌓아 학교도 기분이 내켜야 온다고 했습니다. 제니스는 얘기를 듣고 아이들을 그대로 두어서는 안 되겠다고 생각했지요.

제니스는 다음 날 아이들에게 말했습니다. 자신은 난독증으로 글을 쓰고 책을 읽는 것조차 어려웠다고 말했지요. 그러면서 자신의 별명이 '저능아'라고 했지요. 그러자 어떤 아이가 호기심 가득한 눈으로 말했습니다.

"선생님, 그런데 어떻게 교사가 되었어요?"

"그건 내가 그 별명을 싫어했기 때문이야. 나는 배우는 걸 좋아해 열심히 노력했지. 그래서 교사가 되었던 거야. 우린 반에는 저능아란 없다. 앞으로 나는 너희들이 공부를 따라잡을 때까지 가르칠 거다. 그리고 우리 반에서 저능아란 말이 더 이상 쓰이는 것을 바라지 않는다. 다들 알겠지?"

제니스의 말에 아이들의 눈빛이 반짝였습니다. 아이들은 그 누구도 자신들에게 관심을 가져주지 않았는데 제니스는 다르다고 생각한 것입니다. 그날 이후 아이들이 달라지기 시작했습니다. 아이들은 공부에 관심을 갖고 열심히 배웠지요. 열네 명의 아이들은 모두 학교를 졸업했습니다. 그중에서 여섯이 대학교 입학자격증을 땄습니다.

　제니스의 눈에서는 기쁨의 눈물이 흘러내렸습니다. 모두가 저능아라고 부르며 관심을 가져주지 않아 제멋대로 굴던 아이들이 인성을 갖춤은 물론 배움에 대한 가치를 알게 된 것이 너무도 감사해서였지요. 세월이 흐른 뒤 문제아였던 마크는 성공적인 기업가가 되었고, 다른 아이들도 훌륭한 사회인으로 제 몫을 다했습니다.

　이 이야기에서 보듯 사랑의 힘은 실로 위대하지요. 사랑은 모든 것을 가능하게 하고, 사람들의 생각을 완전히 바꾸어 놓을 만큼 긍정적인 에너지를 품고 있으니까요. 아이들에 대한 제니스의 사랑은 곧 아이들의 인생을 완전히 바꿔놓은 훌륭한 가르침이었습니다.

　아무리 뛰어난 실력으로도 가르치지 못하는 것을 사랑으로는 가르칠 수 있습니다. 이에 대한 많은 이야기가 그것을 잘 말해주니까요. 사랑은 가장 훌륭한 가르침이자 인생의 교사랍니다.

사 랑 의   치 료 약

더 많이 사랑하는 것 외에는

다른 사랑의 치료약은 없다.

_ 헨리 데이비드 소로

사랑으로 인해 얻은 병은 아무리 좋은 약으로도 치료할 수 없습니다. 사랑의 병은 사랑으로만 치료할 수 있습니다. 또한 사랑의 결핍으로 생긴 못된 심성은 사랑을 채움으로써 선하게 변화시킬 수 있지요.

앤드루 카네기는 청소년 시절부터 공장에서 일했습니다. 그는 매우 성실해서 사람들로부터 칭찬이 자자했습니다. 그런데 그와 같이 일하는 직공 중에 바비라는 아이는 게으르고 불량기가 많은 아이였지요. 그러던 어느 날 바비가 열심히 일하는 카네기를 비난하며 헐뜯었습니다.

"자식, 혼자만 열심히 일하는 척이야. 기분 나쁘게."

카네기는 그러거나 말거나 자기 할 일을 묵묵히 했습니다. 그런데 갑자기 바비가 카네기에게 자신을 무시한다며 주먹을 휘둘렀습니다. 참다못한 카네기도 지지 않고 그에게 주먹을 휘둘렀지요. 그 일이 있고 나서 바비는 회사에서 쫓겨나고 말았습니다. 바비는 카네기 집에 가서 카네기 어머니를 속이고 돈을 훔쳐 달아났습니다. 이 일을 알게 된 카네기는 바비 집으로 갔습니다. 집에는 앞을 못 보는 바비 어머니만 있었지요. 바비 어머니는 회사 동료라는 카네기의 말에 이렇게 말했습니다.

"우리 바비와 회사 동료라니, 부탁 하나 할게요. 우리 바비는 불쌍한 아이예요. 그러니 잘 좀 도와주세요."

카네기는 바비 어머니의 말을 듣고 바비를 도와주기로 했습니다. 그는 공장장에게 바비를 다시 다니게 해 달라고 부탁했지요. 그러나 공장장은 바비가 품행이 좋지 않아 그럴 수 없다고 거절했습니다. 카네기는 사표를 내고 바비와 같이 다른 회사에 취직했습니다. 못된 자신을 위해 노력하는 카네기에게 깊은 감동을 받은 바비는 성실하고 착한 사람으로 변화되었습니다.

카네기의 사랑은 못된 친구를 착하게 만든 치료약이었습니다.

사랑의 병은 사랑으로만 치유할 수 있습니다. 사랑의 결핍 또한 사랑으로만 채울 수 있지요. 사랑은 가장 뛰어난 사랑의 치료제입니다.

촛불 같은 사랑

한 자루의 촛불이

수천 자루의 촛불을 붙이듯

한 사람의 사랑이

다른 사람의 마음에 불을 붙이고

나중에는

천 사람의 마음에 불을 붙이게 되는 것이다.

_ 레프 톨스토이

한 사람은 미약하지만, 그 사람이 가진 사랑의 힘은 막대하지요. 마치 사랑은 촛불과 같아서 한 자루의 촛불이 수백, 수천, 수만 개의 초에 불을 붙일 수 있듯 수백, 수천, 수만의 사람의 가슴에 사랑의 씨앗을 심어줄 수 있으니까요. 이는 한 알의 사과 씨앗이 땅에 심기어져서 뿌리를 내리고, 가지를 뻗고 가지마다 탐스런 사과를 주렁주렁 열리게 하는 것과 같은 이치입니다.

인도에서 평생을 가난한 자들과 병든 자들을 위해 헌신한 마더 테레사 수녀는 사랑의 촛불이었습니다. 그녀는 1948년 인도에 '사랑의 선교회'를, 1952년도에는 '죽어가는 사람들의 집'을 설립했지요. 그녀는 사랑의 촛불이 되어 수십 년 넘게 활활 사랑의 불꽃이 되어 여기저기 사랑의 촛불을 전파했습니다.

한국인 최초로 유럽 무대에 선 메조소프라노 김청자. 그녀는 한국과 독일에서 성악가로 교수로 활발히 활동하며 성악가로 성공함은 물론 교수로서 수많은 제자를 길러냈습니다. 그녀는 은퇴 후 자신의 전 재산을 갖고 아프리카 말라위에 루수빌로 뮤직 센터를 설립했지요. 그녀는 이곳에서 가난한 아이들과 주민들에게 음악을 가르치며 행복을 심어주고 있습니다. 뿐만 아니라 그림을 그리게 하고, 청소년지원센터를 건립해 공부와 운동 등 아이들이 할 수 있는 것이라면 무엇이든 지원하고 있습니다.

그녀가 고국을 떠나 그것도 열사의 땅인 아프리카로 간 이유는 무엇일까요. 그녀는 환갑을 맞아 은퇴 후에 어떻게 살지에 대해 곰곰이 생각해 보았다고 합니다. 그녀는 2005년 아프리카를 여행하며 이곳에 자신의 남은 열정을 쏟기로 결심을 했고 은퇴 후 자신의 결심을 즉시 실행에 옮겼던 것입니다.

그녀는 이곳에서 아이들에게 음악을 가르쳐 불과 3년이 채 안된 가운데서도 말라위 전국대회에서 1등을 차지하는 쾌거를 이루어냈습니다. 그녀는 이곳 아이들을 한국예술종합학교에 보내 그들이 좋은 환경 속에서 공부를 하도록 돕고 있습니다. 그녀의 헌신적인 삶에 감동한 사람들은 그녀를 돕기 위해 적극 후원하고 있다고 합니다. 그녀는 이렇게 말했습니다.

"행복을 주는 일에 최선을 다하라."

그녀는 노후를 편하게 지낼 수 있는 충분한 여건을 가지고 있습니다. 그럼에도 그녀는 환갑을 넘긴 나이에 사랑의 촛불이 되어 자신의 사랑을 실천에 옮기고 있답니다.

사랑의 촛불이 되어 사랑을 실천한다는 것은 스스로의 존귀함을 높이는 일이지요. 또한 사람들에게 사랑의 씨앗을 심어주는 일이기도 하지요. 사랑을 나눈다는 것은 참 좋은 삶의 가치랍니다.

제2부

명시에서 사랑을 느끼다

아름다운 것을 사랑하다

나는 모든

아름다운 것을 사랑한다.

그것을 또한 숭배한다.

_ 로버트 브리지스의

〈나는 모든 아름다운 것을 사랑한다〉 중

162

사랑과 아름다움의 관계는 불가분의 관계이지요. 사랑하게 되면 아름다운 마음을 갖게 되고, 아름다운 마음은 모든 것을 아름답게 바라보게 하니까요. 그래서 평소에는 아무렇지도 않게 바라보던 들꽃도 한 떨기 붉은 장미처럼 아름답게 보이고, 그냥 무덤덤하게 지나치던 이웃에게도 미소 짓게 됩니다.

영국의 계관시인 로버트 브리지스(Robert Bridges)는 자신의 시 〈나는 모든 아름다운 것을 사랑한다〉에서 자신은 아름다운 것을 사랑하고 숭배한다고까지 말합니다.

왜 그럴까요. 아름다움은 내면적인 것이든, 외적인 것이든 사람의 마음을 끌어당기는 힘이 있기 때문입니다. 마음이 아름다운 사람이나 외모가 아름다운 사람에게 관심이 가는 것은 바로 '미적작용(美的作用)'에 의해서지요. 미적작용이란 아름다움은 마음속에 아름다움을 심게 되고, 그로 인해 아름다움의 대상에게 관심을 갖게 되는 것을 말합니다. 로버트 브리지스 또한 미적 작용을 통해 아름다움에 깊이 심취했던 것입니다. 그리고 자신의 표현대로 그것을 숭배하기까지 한다고 말했지요.

그렇습니다. 아름다운 것을 숭배하는 마음은 아름다움에 대한 최선의 마음이며, 그 어떤 미혹에도 흔들리지 않고 언제까지나 아름다움을 간직하게 합니다.

나 또한 모든 아름다운 것을 사랑합니다. 아름다운 것을 사랑하는 순간 내 마음은 한없이 아름다운 마음에 사로잡혀 행복해지는 까닭이지요.

　사랑은 모든 아름다움의 근원입니다. 아름답고 행복하게 살고 싶다면 모든 대상을 아름답게 바라보고 아름답게 사랑해야 합니다.

　아름다운 것을 사랑하면 그 마음속에는 아름다운 마음의 꽃이 피어납니다. 아름답고 행복하게 살고 싶다면, 모든 것을 아름답게 바라보세요.

최고의 사랑을 위한 최고의 찬사

당신을 사랑이라는 말보다

더 사랑합니다.

_ 수잔 폴리스 슈츠의

〈사랑이라는 말보다 더 당신을 사랑합니다〉 중

사랑이라는 말보다 더 사랑한다는 말처럼 사랑하는 이를 기쁘게 하는 말은 없을 것입니다. 이는 사랑하는 이에 대한 최대의 사랑의 찬사로 누구나 자신이 사랑하는 이로부터 듣고 싶어 하고, 그렇게 살고 싶어 하는 최고의 사랑이기 때문이지요. 하지만 최고의 사랑은 그냥 주어지지 않습니다. 모든 것은 다 상대적이듯 사랑 또한 상대적인 것이니까요.

사랑하는 이로부터 최고의 사랑을 받고 싶다면 자신이 먼저, 사랑하는 이가 기뻐하고 만족할 수 있도록 충만한 사랑을 품고 최고로 사랑해야 합니다. 그러면 충만한 사랑의 행복에 사로잡힌 사랑하는 이로부터 자신이 했던 것, 그 이상으로 충만한 사랑이 되어 되돌아올 것이기 때문이지요.

미국의 여류 시인으로 '사랑'에 관한 한 그 어느 시인보다 탁월한 서정성을 잘 보여주는 수잔 폴리스 슈츠(Susan Polis Schutz)는 〈사랑이라는 말보다 더 당신을 사랑합니다〉라는 시에서 최고의 사랑이 무엇인지를 쉽고 간결하게 보여줍니다.

최고의 사랑은 그냥 오지 않습니다. 최고의 사랑은 끊임없는 노력에서 오지요. 자신이 사랑하는 이에게 노력하는 정도에 따라 그 사랑은 자신에게 최고의 사랑이 될 수도 있고, 보통의 사랑이 되기도 하고, 무미건조한 사랑이 될 수도 있습니다.

최고의 사랑을 하고 싶다면, 사랑하는 이를 최고로 사랑하세요.

사람은 누구나 최고의 사랑을 꿈꾸지만 누구나 최고의
사랑을 하는 것은 아닙니다. 모든 것이 그렇듯이 최고의
사랑 또한 최선을 다할 때 주어지는 사랑의 축복이니까
요. 자신이 받고 싶은 만큼 먼저 사랑하십시오.

새로운 세계를 열어주는 사랑하는 사람

사랑이
영원히 계속되는 그곳에서
내게 새로운 세계를 열어 준
그대에게 감사드립니다.

_ 레리 마라스의
〈사랑은 나의 새로운 세계〉 중

사랑을 하게 되면 마음가짐이 새로워집니다. 사랑이란 '행복의 에너지'가 강하게 작동함으로써 어제의 덤덤했던 것들이 전혀 다른 모습으로 다가오고, 아무렇지도 않게 생각했던 일들이 의미 있는 대상으로 생각되지요. 그러다 보니 마음은 새로운 에너지로 넘쳐흐르게 됩니다.

새로운 에너지가 작용하면 사랑하는 사람에게 자신의 멋진 모습을 보여주고 싶게 되고, 자신이 가진 가장 좋은 것을 주고 싶어 하게 됩니다. 그리고 가장 멋진 말로 자신의 관심을 표하고, 자신을 썩 괜찮은 사람이라고 인식시키려고 하게 됩니다. 이 모두는 사랑하는 사람에게 더 가까이 다가가기 위한 아름다운 사랑의 열정에 의해서지요.

이런 사랑의 감정을 갖게 해준 사랑하는 이에 대한 감사함에 대해 레리 마라스는 시 〈사랑은 나의 새로운 세계〉에서 '사랑이 영원히 계속되는 그곳에서 내게 새로운 세계를 열어 준 그대에게 감사드립니다'라고 말합니다. 레리 마라스의 표현처럼 사랑은 새로운 세계를 열어주는 '희망의 문'이지요. 그래서 사랑하는 사람은 새로운 에너지를 품게 하고, 새로운 몸과 마음가짐을 갖게 하고, 지금과는 다른 자신으로 거듭나게 만듭니다.

사랑하는 사람은 새로운 세계를 경험하게 하는 신비로운 램프이지요. 새로운 세계를 열어주는 사랑하는 사람에게 진실로 감사하고 온 마음으로 사랑해야 합니다. 그것은 곧 자신에 대한 사랑의 축복이며, 그로 인해 사랑하는 사람을 사랑하는 만큼 더 새로운 세계를 경험하게 될 것입니다.

사랑하는 사람은 새로운 삶의 에너지를 주는 고마운 사람입니다. 사랑하는 이를 아낌없이 사랑하세요. 사랑하는 이를 사랑하고 아껴주는 만큼 더 큰 사랑의 에너지를 받게 될 것입니다.

싫증나지 않는 사랑

당신은 아직 한 번도
싫증난 적이 없습니다.
오래 숙성된 포도주나 그레이프 디저트도
매일 먹으면 물리는데
당신은 매일매일 같이 있고 싶습니다.

_버지니아 울프의
〈이런 사랑〉 중

아무리 맛있는 음식도 매일 먹으면 싫증이 나지요. 아무리 멋진 옷도 매일 입으면 싫증이 나지요. 아무리 좋은 말도 매일 들으면 식상해집니다. 사랑 또한 오래 하다 보면 긴장감이 떨어지게 되지요.

그렇다면 싫증나지 않는 사랑이란 어떤 사랑일까요. 싫증나지 않는 사랑은 매일 분위기를 바꾸어주듯, 처음이듯 하는 사랑처럼 설렘을 주어야 합니다. 사실 이런 사랑을 한다는 것은 매우 힘이 들지요.

그러나 영국의 소설가로 페미니즘과 모더니즘의 선구자인 버지니아 울프(Virginia Woolf)는 〈이런 사랑〉이란 시에서 '당신은 아직 한 번도 싫증난 적이 없습니다'라고 말합니다. 그래서 '당신은 매일매일 같이 있고 싶다'라고 고백하지요. 얼마나 사랑하는 이가 좋으면 이처럼 만족해할 수 있을까, 대체 어떻게 했기에 이처럼 버지니아를 사로잡을 수 있을까요.

버지니아 울프는 평생을 우울증에 시달리며 수차례에 걸쳐 자살을 시도했습니다. 하지만 그녀의 남편인 레너드 울프는 그런 그녀의 모든 것까지도 헌신적으로 사랑했습니다. 그녀를 위해 호가스 출판사를 차리고, 그녀가 책을 출간할 수 있도록 용기와 힘을 북돋워 주었지요. 그리고 마침내 그녀는 명성을 떨치는 작가이자 여성 운동가가 되었습니다.

버지니아 울프에 대한 남편 레너드 울프의 헌신적인 사랑은 그녀에게 남편은 싫증나지 않는 사랑이라고 시로써 고백하게 했습니다.

버지니아 울프의 경우에서 보듯 사람은 누구나 자신을 위해 노력하고, 최선을 다하는 사람에게 감동하게 되고, 그를 오래 마음에 담아두게 되지요.

그렇습니다. 싫증나지 않는 사랑이란 감동을 주는 사랑입니다. 감동을 주는 사랑은 오래도록 마음에 여운을 남기는 까닭이지요.

싫증나지 않는 사랑을 한다는 것은 서로에게 큰 축복과도 같지요. 그런 사랑을 한다는 것은 서로에게 최선의 사랑이자 최고의 사랑이니까요. 이런 사랑을 하기 위해서는 서로가 서로에게 감동적인 사랑이 되어야 합니다. 감동을 주는 사랑은 언제나 서로를 상큼하게 하니까요.

나의 전 세계에서 가장 중요한 사람

그대는 나의 전 세계 안에서
가장 중요한 사람,
그대는 내가 사랑하는
단 한 사람입니다.

_ 레베카 바렛트의
〈그대는 내가 사랑하는 단 한 사람〉 중

세상에서 가장 중요한 것 중 제일은 사랑하는 사람입니다. 아무리 부와 높은 지위를 지녔다 하더라도 사랑하는 사람이 없다면 불 꺼진 등대와 같고, 차디찬 동토와 같을 것이니까요.

사랑하는 사람은 단지 사랑만 하는 사람이 아닙니다. 그는 삶의 원동력이며, 행복의 발전소이며, 희망의 등불이며, 밝은 미래를 살게 하는 꿈의 조력자이자 동반자이기 때문이지요. 그래서일까, 사랑하는 사람은 생각만으로도 가슴을 들뜨게 하고, 입가에 미소가 피어나게 하지요.

사랑하는 사람은 살아있는 숨결의 보석입니다. 보석이 영롱한 빛을 띠며 반짝이듯 사랑하는 사람이 환하게 웃어줄 땐 사랑하는 이의 가슴에도 환한 웃음꽃이 피고, 사랑하는 사람이 기뻐할 땐 사랑하는 이의 입가에는 기쁨으로 가득하게 되지요.

이처럼 고귀한 사랑하는 사람을 아끼고 존중하고 사랑하세요.

단 한 사람을 위해 자신의 모든 것을 걸 수 있는 사람, 그 사람이야말로 진정으로 사랑을 아는 사람이니까요.

사랑하는 사람은 내 세계에서 가장 우뚝하고, 가장 빛나고, 중요한 단 하나의 찬란한 보석이지요. 보석을 소중히 간직하듯 사랑하는 이를 자신보다 더 아끼고 사랑하세요.

사랑하는 이를 사로잡는 느낌이 있는 사랑

당신과 함께 나누고 있다는 느낌보다도 더
좋은 것이 이 세상에는 아무것도 없습니다.

_ 러셀 모리슨의
〈사랑은 가장 큰 행복입니다〉 중

사랑은 말이 없어도 느낌으로 알지요. 사랑은 눈으로도 말하고, 손끝으로도 말하고, 숨결로도 말하고, 침묵으로도 말하기 때문입니다.

느낌은 온몸과 마음으로 말하는 절대적 언어이자 말이 없어도 모든 것을 알 수 있는 공유의 언어이자 공감의 언어입니다. 그래서 사랑하는 사람의 눈빛이 가는 곳을 바라보면, 지금 사랑하는 사람이 무엇을 느끼고 있는지를 알 수 있고, 사랑하는 사람이 우울해하면 자신 또한 우울해지고, 사랑하는 사람이 즐거워하고 좋아하면 자신 또한 즐겁고 좋아하게 되지요. 느낌이란 깊이 사랑하는 사이일수록 강하게 작용하니까요.

러셀 모리슨은·이런 사랑의 느낌을 '당신과 함께 나누고 있다는 느낌보다도 더 좋은 것이 이 세상에는 아무것도 없습니다'라고 시 〈사랑은 가장 큰 행복입니다〉에서 말합니다.

그렇습니다. 느낌은 서로의 마음을 반드시 공유해야만 느낄 수 있으니까요. 마음을 공유하기 위해서는 서로의 공통점이 무엇인지, 상대가 무엇을 원하고 무엇을 생각하는지를 정확히 알 수 있어야만 합니다.

서로가 함께하고, 함께 나눈다는 것은 '나는 너고 너는 곧 나'라는 일체감을 이루는 것이기에, 느낌이 있는 사랑은 두 사람을 더욱 사랑으로 이끌어준답니다.

사랑하는 사람과 더 충만한 사랑의 느낌을 갖길 바란다면, 더 공감하고 더 마음을 공유하세요. 공감하고 공유하는 정도에 따라 느낌 또한 비례하게 되니까요.

느낌이 있는 사랑은 사랑하는 이를 더욱 사랑스럽게 하지요. 느낌이 있는 사랑을 통해 더 큰 행복을 원한다면 더 마음을 공유하고 더 공감하세요. 느낌은 마음의 공유와 공감에서 더욱 커지고 깊어지니까요.

사랑하는 이의 미소는 기쁨의 보석이다

그대의 미소만큼
소중한 것은 아무것도 없답니다.

_ 레오나드 니모아의
〈그대 미소만큼 소중한 건 없답니다〉 중

사랑하는 이의 미소는 보는 것만으로도 마음을 청량하게 하고, 가슴을 설레게 하지요. 그래서 사랑하는 이가 활짝 웃으며 반겨 맞을 땐 마치 향기로운 꽃밭에 둘러싸인 것처럼 날아갈 듯 상쾌하고, 윙크하며 살짝 미소를 지은 채 가까이 다가올 땐 마음을 들뜨게 한답니다.

레오나드 니모아는 사랑하는 이의 미소에 대해 '그대의 미소만큼 소중한 것은 아무것도 없답니다'라고 말하며 마치 소중한 보석처럼 생각합니다. 이렇듯 사랑하는 이의 미소에는 마치 세상에 단 하나밖에 없는 귀중한 보석처럼 상대의 마음을 확 끌어당기는 마력이 있습니다. 그래서 그 마력에 한번 빠져들면 헤어나질 못하지요.

당신 또한 사랑하는 이에게 마력과 같은 미소를 지어보세요. 당신이 사랑하는 이는 당신의 미소에 빠져 당신에게 사랑의 열정을 바치려고 할 것이 분명하기 때문이니까요.

사랑하는 이의 미소가 꽃비처럼 흩날리는 날, 그로 인해 당신의 입가에서 미소가 끊이지 않는 그 날은 당신에게 있어서나 당신이 사랑하는 이에게는 최고의 날이 될 것입니다. 미소가 꽃비가 되어 내리는 순간 서로의 가슴에는 뜨거운 사랑의 열망이 가득 차올라 환희로 들뜨게 될 것이기 때문입니다.

사랑하는 이가 맘껏 미소 짓게 하세요. 사랑하는 이의 미소가 많을수록 당신의 행복도 그만큼 커지고 깊어지니까요.

그렇습니다. 사랑하는 이의 미소는 기쁨의 보석이므로, 당신의 인생을 영화롭고 풍요롭게 할 것입니다.

사랑하는 이의 미소는 기쁨의 샘물과 같아, 미소를 지을수록 기쁨이 솟아나지요. 당신이 행복해지고 싶다면 사랑하는 이가 더 많은 미소를 짓게 당신의 사랑을 듬뿍 듬뿍 주세요. 그것은 곧 당신을 위한 기쁨으로 되돌아올 것입니다.

사랑하는 이는 내게 있어 특별한 존재이자 사랑이다

그대 내부에 있는 존재는

특별히 나의 것이며

영원히 변하지 않는 존재이기에

나는 결코 사랑하기를 멈출 수 없습니다.

_ 기 드 모파상의
〈그대의 참모습을 사랑합니다〉 중

사랑하는 이에게 특별한 존재가 된다는 것은 눈물 나게 감사한 일입니다. 특별하다는 것은 마치 선택받은 것처럼 여겨지고, 자신 외엔 아무것도 아니라는 절대적인 가치가 부여되는 까닭이지요.

"특별히 너만 주는 거야."

"특별히 너만 초대하는 거야."

"너는 내게 특별한 존재라는 걸 잊지 마."

이런 말을 들어본 사람은 잘 압니다. 특별이라는 말이 주는 마음 뿌듯하고 충만한 느낌을.

프랑스의 대표적 단편 소설가이자《목걸이》,《비곗덩어리》로 유명한 기 드 모파상(Guy de Maupassant)은 사랑하는 사람에 대한 자신의 감정을 '그대 내부에 있는 존재는 특별히 나의 것이며 영원히 변하지 않는 존재이기에 나는 결코 사랑하기를 멈출 수 없습니다'라고 시〈그대의 참모습을 사랑합니다〉에서 말합니다. 이는 사랑하는 사람은 자기 인생의 특별한 존재라는 것을 의미하지요.

그렇습니다. 모파상의 표현처럼 특별한 존재인 누군가가 자신에게 있다면 그리고 자신이 누군가에게 특별한 존재라면 그로 인해 자신이 느끼는 기쁨은, 말로는 다할 수 없을 만큼 자신의 모든 일상은 즐거움 그 자체가 될 것입니다.

특히, 자신이 사랑하는 사람에게 특별한 존재가 된다는 것은, 자신은 썩 괜찮은 사람임을 스스로 인정하는 것과 같다고 하겠습니다.

사랑하는 사람은 자신에게 특별한 존재이자, 자신 또한 사랑하는 사람에게 특별한 존재입니다. 이처럼 서로에게 특별한 존재가 된다는 것은 삶의 기쁨이자 은총이지요. 아낌없이 사랑하고 후회 없이 행복하세요.

영원 속에서 변치 않는 사랑

나는 당신을 사랑했습니다.
아직도 내 사랑은
영혼 속에 조금도 꺼지지 않고 있습니다.

_ 알렉산드로 푸시킨의
〈나는 당신을 사랑했습니다〉 중

사랑을 할 땐 누구나 변치 않고 사랑하는 이를 사랑하겠다고 말합니다. 그러나 이런 사랑의 맹세는 상황에 따라 너무도 쉽게 변질되고 맙니다. 이기적인 마음에 따른 사랑의 변절이지요. 이기적인 마음으로 사랑한다는 것은 상황에 따라 언제든지 깨지게 되고, 사랑하는 이의 가슴에 지울 수 없는 마음의 상처를 남기게 됩니다.

오래가는 사랑을 하려면 먼저 '진실'해야 합니다. 사랑하는 사람을 그 어떤 상황에서도 배신하지 않고, 아끼고 사랑하겠다는 진실한 사랑의 의지가 있어야 합니다. 또한 사랑하는 이를 배려하고, 마음에 안 드는 부분은 이해로써 극복하고, 양보할 건 양보함으로써 자애롭게 행동할 때 사랑하는 사람 역시 자신의 진실한 사랑을 보여주기 위해 노력하게 되지요.

러시아의 국민 시인으로 칭송받는 알렉산드로 푸시킨 (Aleksandr Pushkin)은 변치 않는 사랑에 대해 자신의 시 〈나는 당신을 사랑했습니다〉에서 다음과 같이 노래했습니다.

'아직도 내 사랑은 영혼 속에 조금도 꺼지지 않고 있습니다.'

사랑이 영혼 속에서 조금도 꺼지지 않는 것, 이것이야말로 변치 않는 참사랑의 모습이며 실체인 것이지요. 그 어떤 상황에서도 변치 않는 사랑이야말로, 후회를 남기지 않는 영원한 사랑이라고 할 수 있습니다.

오래가는 사랑, 변치 않는 사랑을 하기 위해서는 상대방을 배려하고, 양보하고, 이해하는 노력을 필요로 합니다. 이런 노력은 상대방을 감동하게 함으로써 그 또한 진실한 사랑을 하게 만들지요. 사랑 앞에 진실해야 하는 이유가 바로 여기에 있는 것입니다.

나의 모든 세계가 된 그대라는 이름

그대는 나의 세계가 되었기에

나의 마음이 되었기에

나의 인생이 되었기에

미래는 언제나 우리의 것이라 확신합니다.

_ 재클린 듀마스의
〈끝없는 내 사랑을 약속드립니다〉 중

사랑은 둘만이 느끼는 아름답고 충만한 신비로운 감각과 영적인 세계입니다. 그 세계에 한번 빠져들면 헤어 나오지 못합니다. 마치 황홀한 천국과 같고 매 순간순간이 꿈만 같아 영원히 그 세계에 머물러 있길 바라게 되니까요.

사랑하는 사람은 신비로운 감각과 영적인 세계인 '사랑'이라는 무형의 공간으로 사랑하는 이를 인도하는 영적 세계의 메신저입니다. 사랑하는 이가 행복하면 할수록 자신이 행복해지는 것은 영적인 세계가 맑고 풍요로워지는 까닭이지요.

자신의 모든 세계가 된 사랑하는 이의 '그대'라는 이름은 자신의 인생에서 가장 빛나는 우주의 별이지요. 그 빛나는 우주의 별과 함께 미래의 한가운데에서 사랑의 주연이 되고 싶다면, 두 번 다시는 사랑하지 못할 것처럼 사랑하고, 두 번 다시는 만나지 못할 운명처럼 행복하십시오.

사랑하는 사람은 자신의 모든 세계입니다. 그래서 때론 우주와 같이 광활하고, 또 때론 신비롭고 황홀하지요. 사랑하는 사람을 아낌없이 사랑하세요. 사랑하는 만큼 자신 또한 아낌없는 사랑을 받게 될 것입니다.

사랑을 멈출 수 없는 이유

영원히 나 당신을 사랑하리니
바닷물이 마르는 날이 와도 내 사랑을
멈추지 않겠습니다.

_ 로버트 번즈의
〈붉고 붉은 장미〉 중

사랑하는 이로부터 영원히 사랑한다는 말을 듣는 것처럼 더 큰 행복은 없습니다. 영원히 사랑한다는 말 속엔 무한한 사랑이 강물처럼 흐르니까요. 수량이 풍부한 강물이 마르지 않는 것처럼, 그 사랑은 쉼 없이 사랑하는 사람을 향해 흘러가지요.

로버트 번즈는 사랑의 영원성을 '마르지 않는 바닷물'로 빗대 사랑의 영원성에 대한 시적 성취를 이루었지요. 사랑은 영원한 것이고, 누구나 영원한 사랑을 꿈꾸지요. 영원한 사랑의 주연으로 살고 싶다면 사랑하는 이에게, 그 어떤 상황에서도 자신의 사랑을 멈추지 말아야 합니다. 그렇게 될 때 자신이 준 사랑은 더 크게, 더 빛난 사랑이 되어 자신의 가슴속에 마르지 않는 사랑의 강물이 될 것이기 때문입니다.

사랑하는 이에 대한 아낌없는 사랑은 마르지 않는 바닷물과 같습니다. 그래서 사랑하는 이를 사랑하는 만큼 그 사랑은, 자신에게 마르지 않는 바닷물 같은 사랑이 되어 줄 것입니다.

둘의 가슴이 하나가 될 때

그대 가슴을 내 가슴에 가져다 대면
불꽃이 하나 되어 타오를 것입니다.

_ 하인리히 하이네의
〈그대 뺨을 내 뺨에〉 중

사랑하는 사람들의 가슴은 뜨겁습니다. 사랑의 뜨거운 열기가 가슴을 뜨거움으로 가득 채우기 때문이지요. 하나의 가슴도 그러한데 둘의 가슴이 하나로 될 땐 사랑의 뜨거운 열기는 세포가 분열하듯, 둘의 사랑을 극대화시키며 더욱 뜨겁게 타오르지요.

가슴이 뜨겁지 않으면 사랑이 아닙니다. 사랑은 뜨거워야 하고 서로의 가슴이 하나의 사랑으로 일체를 이루어야 비로소 사랑은 하나의 사랑이 되지요.

사랑하세요, 세상을 다 가진 것처럼. 그래서 서로의 가슴에 행복을 심어주고, 꿈을 심어주고, 기쁨이 되고, 즐거움이 되고, 자유가 되고, 평화가 되고, 삶의 의미가 되어주세요. 둘의 가슴이 뜨겁게 온전한 하나가 될 때, 비로소 사랑은 완전한 하나의 사랑으로 찬란한 불꽃을 피우게 될 테니까요.

불덩이 같은 뜨거운 사랑을 원한다면 사랑하는 사람을 뜨거운 가슴으로 사랑하세요. 뜨거운 둘의 가슴이 만나 이루는 사랑은 그 어떤 사랑보다도 충만한 행복을 안겨 줄 테니까요.

나이보다 중요한 것은 사랑의 깊이다

사랑의 연륜은 나이를 따지지 않는 것
그래서 나는 그녀와 늙고 그녀는 나와 누워
흠투성이인 채 거짓말에 우리는 만족한다.

_ 윌리엄 셰익스피어의
〈내 사랑이 참사랑〉 중

사랑은 나이를 따지지 않습니다. 나이를 따지는 사랑은 진정한 사랑이 아니지요. 자신을 사랑하는 것처럼 사랑하는 이를 사랑한다면, 나이는 크게 중요하지 않게 생각하게 되니까요. 나이보다 더 중요한 것은 사랑의 깊이입니다. 사랑의 깊이가 깊을수록 사랑은 더욱 진실 되게 서로의 가슴에 깊은 사랑을 심어주지요. 사랑의 깊이는 나이든, 환경이든, 배움의 정도든 그 어떤 것도 다 수용하는 '사랑의 블랙홀'입니다. 이치가 이럴진대 나이를 따지는 사랑은 하지 말아야 합니다. 그것은 서로를 불행하게 하는 일일 뿐이니까요.

　셰익스피어의 나이를 떠난 사랑은, 사랑에는 조건이 없다는 사랑의 보편적인 관점을 증명하기에 전혀 부족함이 없습니다. 나이보다 중요한 것은 사랑하는 사람을, 얼마만큼 깊이 사랑하는지가 더욱 중요하다고 하겠습니다.

　사랑하는 데 있어 나이는 문제가 되지 않지요. 충만하고
　행복한 삶을 살고 싶다면 나이를 떠나 깊이 사랑하세요.
　사랑은 깊이 해야 더욱 행복하니까요.

오직 사랑만을 위해 사랑하는 사랑

당신이 날 사랑해야 한다면 오직
시랑을 위해서만 사랑해 주세요.

_ 엘리자베스 배럿 브라우닝의
〈당신이 날 사랑해야 한다면〉 중

사랑을 위해서만 사랑하는 사랑을 색으로 표현한다면 흰 눈보다도 하얀 티 하나 없는 순백색일 것입니다. 그런데 흰색에 티가 있다면 흰색은 그만큼 깨끗함을 상실하게 되지요. 이와 마찬가지로 사랑만을 위해서만 하는 사랑에 작은 흠이라도 있다면, 그것은 사랑만을 위해서 하는 사랑에 큰 오점으로 작용하게 될 것입니다. 서로의 가슴에 아픔이 될 수도 있기 때문이지요.

사랑을 위해서만 하는 사랑은 온전한 사랑을 말합니다. 온전함이란 완전한 것을 뜻하는 것이기에, 온전한 사랑은 세상 그 어떤 사랑보다도 아름답고 위대한 사랑이지요.

19세기 영국의 대표적인 여성시인인 엘리자베스 배럿 브라우닝(Elizabeth Barrett Browning)은 시 〈당신이 날 사랑해야 한다면〉에서 '당신이 날 사랑해야 한다면 오직 사랑을 위해서만 사랑해 주세요'라고 표현한 것은 자신의 사랑의 경험에서 우러나온 것이기에 가능했다고 할 수 있습니다.

엘리자베스 브라우닝은 자신보다 여섯 살 연하인 로버트 브라우닝과 집안의 반대를 무릅쓰고, 이탈리아에서 비밀리에 결혼을 올렸을 만큼 그녀의 사랑은 열렬하고 뜨거웠던 것입니다.

온전한 사랑을 통해 삶을 행복하고 아름답게 영위하고 싶다면, 서로에게 사랑을 위해서만 사랑하도록 노력해야 합니다. 사랑은 이런 노력으로 인해 가치 있는 사랑으로 거듭나기 때문이지요.

사랑하는 이들은 오직 사랑만을 위한 사랑으로 자신을 사랑해 주길 바랍니다. 그런 사랑이야말로 아름답고 진실한 사랑이라고 믿기 때문이지요. 참 행복을 느끼며 살길 바란다면, 오직 사랑만을 위한 사랑을 하기 바랍니다.

죽음보다도 강한 사랑

내 심장을 멎게 해 주오.

그래도 내 머리는 고동칠 것이며

그대가 내 머리에 불을 던진다 해도

피로써 그대를 껴안으리.

_ 라이너 마리아 릴케의
〈손으로 붙잡듯이 심장으로 잡으리〉 중

오스트리아의 시인이자 작가로 20세기 독일어권의 대표적인 시인인 라이너 마리아 릴케(Rainer Maria Rilke)는 어린 시절 군인이 되려고 했으나, 문학의 열정으로 섬세한 서정시를 썼습니다. 그는 조각가 로댕의 비서로 사물을 깊이 관조하는 능력을 배웠는데, 이는 그가 시를 창작하는 데 있어 많은 도움이 되었지요.

릴케는 사랑을 하려면 내 심장을 멎게 해달라고 말합니다. 그러면서 하는 말이 심장이 멎는다 해도 머리는 고동치고, 사랑하는 이가 자신의 머리에 불을 던진다 해도 피로써 사랑하는 이를 껴안겠다고 말하지요. 참으로 뜨겁고 열정적이며 죽음보다도 강한 사랑이라는 것을 알게 합니다.

릴케는 사랑도 뜨겁게 했지만, 헤어질 때도 서로에게 상처 주지 않고 헤어지는 미덕을 지닌 사랑의 예술가였습니다. 릴케는 상트페테르부르크 출신인 루 안드레아스 살로메와 열정적인 사랑을 펼쳤습니다. 그러나 서로 헤어진 후 절친한 친구로 지내며 서로에게 힘이 되어주었지요. 그 후 릴케는 로댕의 제자인 조각가 클라라 베스토프와 열정적인 사랑 끝에 결혼했습니다. 그러나 둘은 열렬하게 사랑함에도 각자 자유롭게 활동하기 위해 이별을 택했습니다.

릴케는 죽음보다 강한 사랑을 하고, 서로에게 상처 주지 않으면서 사랑의 이별을 선택할 줄 아는 뜨거우면서도 이성적인 사람이지요.《두노이의 비가》는 릴케의 대표적인 시집으로 사랑에 대한 그의 감정과 열정이 잘 나타난 시집입니다.

사랑을 하면 뜨겁고 열정적으로 하고, 합의에 의해 헤어질 땐 서로를 축복할 줄 아는 멋진 사랑을 하세요. 죽음보다 강하고 뜨거운 사랑, 사랑은 세상의 모든 것입니다.

사랑을 할 거면 뜨겁고 불같이 하세요. 사랑하는 이에게 목숨까지도 바칠 수 있는 사랑, 사랑하는 이가 바라는 사랑을 하십시오. 죽음보다 강한 사랑, 그런 사랑을 하기 바랍니다.

위안과 힘이 되는 사랑

당신을 사랑합니다.

당신이 내게 필요할 때 가까이 와주시고

혼자 있어야 할 때 물러나시고

내 나날의 빛과 그림자를

함께 나누시므로

내가 지쳤을 때 위안을 주시고

세상이 너무 힘겨워 보일 때

힘을 주시므로

_ M. 베티의

〈당신을 사랑합니다〉 중

사랑하는 사람은 그 무엇보다도 소중합니다. 사랑하는 사람은 그 자체만으로도 꿈이 되고, 희망이 되고, 기쁨이 되고, 용기가 되고, 격려가 되기 때문이지요. 특히, 어려운 일을 만났을 때, 큰 힘과 위로가 되지요. 사랑하는 사람의 한마디 말은 인생의 빛과 같고 별과 같아, 사랑하는 이에게 큰 에너지가 되기 때문입니다.

그런데 어떤 이들은 무례하게도 자신과 뜻이 안 맞는다는 이유로, 사랑하는 이의 마음을 아프게 하고 눈물을 흘리게 하지요. 이는 사랑하는 사람에 대한 사랑이 아니며 예의에서 벗어나는 일입니다. 진정한 사랑은 기쁠 때나 슬플 때나 어려울 때나 넘칠 때나 늘 한결같아야 합니다. 그래야 어떤 상황에서도 서로를 목숨처럼 여기게 되고, 자신의 사랑을 아낌없이 주게 되니까요.

인생의 참된 환희를 느끼며 행복하게 살고 싶다면, 서로에게 아낌없이 주고, 아낌없는 받는 사랑을 해야 합니다.

사랑하는 사람이 힘들고 어려울 때 힘이 되고 위안이 되는 사랑은 인생의 빛과 같습니다. 그래서 사랑하는 사람이 있다는 것은 인생의 큰 축복이지요. 사랑하는 사람을 자신의 몸과 같이 사랑하세요.

마음의 고향

내 고향은
바로 당신입니다.

_ 프리드리히 실러의
〈사랑의 노래〉 중

고향에는 두 가지가 있습니다. 하나는 자신이 태어난 고향이며, 또 하는 마음의 고향입니다. 자신이 태어난 곳이 육신의 고향이라면, 마음의 고향은 사랑하는 사람이지요.

고향이 사람들에게 포근함과 그리움을 갖게 하는 것은 언제나가고 싶은 곳이기 때문입니다. 이와 마찬가지로 마음의 고향인 사랑하는 사람은 그리움과 보고픔의 대상이자 편히 안식하고 싶은 존재이지요. 그래서 지치고 힘들 때, 기쁘고 즐거울 땐 언제나달려가 편히 쉬고 싶은 고향처럼, 마음이 심란할 때나 마음이 즐거울 땐 언제든지 달려가 안기고 싶은 것입니다.

사랑하는 사람에게 포근하고 따뜻한 마음의 고향이 되기 위해서는 늘 따뜻한 사랑과 넉넉한 마음을 품고 있어야 합니다. 그래서 사랑하는 사람이 언제든지 찾아와 기댈 수 있고, 안식할 수있도록 해야 합니다.

독일의 극작가이자 시인인 프리드리히 실러(Friedrich Schiller)가 시 〈사랑의 노래〉에서 '내 고향은 바로 당신입니다'라고 표현한 것은 서로가 서로에게 포근한 마음의 고향이 되어야 한다는의미이지요. 그런 사랑이야말로 최선의 사랑이기 때문입니다.

그렇습니다. 사랑하는 사람이 언제나 믿고 안식할 수 있는 마음의 고향이 될 때, 그 사랑은 누구나 부러워하는 최고의 사랑이될 것입니다.

사랑하는 사람은 마음의 고향이지요. 자신이 사랑하는
이에게 안락한 마음의 고향이 되기 위해서는, 사랑하는
이가 언제든지 찾아와 편히 안식할 수 있도록 넉넉한 마
음을 품어야 하고, 따뜻한 배려와 위안이 되어야 합니다.
사랑하는 이에게 늘 평안한 마음의 고향이 되세요.

오직 사랑하는 이를 생각하는 사랑

당신이 나에게 말했던 것처럼
당신이 언제나 나만을 생각한다는 것이
진실이라면,
우리 서로가 비록 가까이 있지 않을 때도
우리의 영혼을 끊임없이 함께 있게 만드는,
이 감미롭고 친밀한 생각의 일치를 신뢰하는
것은 나의 가장 큰 행복 중의 하나예요.

_ 빅토르 위고의
〈언제나 당신이 나만을 생각한다면〉 전문

밤이나 낮이나 그 어느 순간이나 사랑하는 이만 생각하는 사랑은, 사랑하는 이의 가슴을 뜨거운 감동의 물결로 일렁이게 하지요. 사랑하는 이의 생각으로부터 자신이 한시도 떠나지 않는다는 것은 사랑하는 이의 사랑이 자신을 독차지하고 있다는 방증이기 때문입니다.

이런 사랑은 가까이 있을 때나 멀리 있을 때나 늘 한결같아 사랑하는 이를 감동하게 합니다. 그래서 사랑받는 사람은 자신이 가장 행복하다고 느끼며 자신의 삶에 만족하며 기쁨으로 여기게 되지요.

프랑스 낭만파 작가 중 대표적인 작가이자 세계의 고전《레미제라블》의 작가로 유명한 빅토르 위고(Victor Hugo)는 자신의 시 〈언제나 당신이 나만을 생각한다면〉에서 이런 사랑의 감정을 '당신이 나에게 말했던 것처럼 당신이 언제나 나만을 생각한다는 것이 진실이라면, 우리 서로가 비록 가까이 있지 않을 때라도 우리의 영혼을 끊임없이 함께 있게 만드는, 이 감미롭고 친밀한 생각의 일치를 신뢰하는 것은 나의 가장 큰 행복 중의 하나예요' 라고 표현했습니다.

시는 가장 체험적인 요소가 강한 문학이지요. 그런 관점에서 볼 때 빅토르 위고의 사랑의 표현은 공감을 주기에 부족함이 없다고 하겠습니다.

그렇습니다. 자신이 사랑하는 이로부터 사랑받고 싶다면, 자신이 먼저 사랑하는 이만 생각하는 사랑을 해야 합니다. 그렇게 될 때 사랑하는 사람으로부터 더 큰 사랑을 받게 되고, 자신의 사랑에 만족하게 될 테니까요.

사랑을 할 때 오직 사랑하는 이만 생각하고 사랑해야 합니다. 그것이 사랑하는 이에 대한 예의이고 사랑이지요. 그리고 서로의 사랑을 탄탄하게 하는 최선의 방법이니까요.

사랑은 선의 종교이며 행복의 화신이다

내가 당신을 사랑하는 것은

어떠한 신앙보다도 바로 당신이

나를 더욱 선하게 만들었고

어떠한 운명보다도 바로 당신이

더욱 나를 행복하게 만들었기 때문입니다.

_ 로리 크로프트의
〈내가 지금 당신을 사랑하는 것은〉 중

210

마음이 포악한 사람도 사랑을 하게 되면 여린 사슴처럼 선한 사람으로 변하고, 마른 참나무처럼 뻣뻣한 사람도 부드럽고 따뜻한 눈빛을 갖게 됩니다. 또한 마음은 비단결처럼 곱고 너그러워지고, 상대를 배려하는 마음 역시 깊어지지요. 사랑은 모든 허물을 사랑의 눈으로 바라보게 하고, 상대의 잘못도 관용으로 대하는 것은 사랑은 선의 종교며 행복의 화신이기 때문입니다.

로리 크로프트의 표현처럼 사랑의 힘은 크고 위대합니다. 사랑은 불가능도 가능하게 하고, 악도 선으로 변화시키고, 모든 것을 긍정적으로 바라보게 하지요. 이런 까닭에 사랑이 필요한 것이고, 사랑을 할 땐 온 마음을 다하여 사랑하는 이를 사랑해야합니다. 그것은 곧 자신을 위한 사랑이자 행복의 행위이기 때문이지요. 사랑은 이 세상의 모든 것입니다. 사랑 앞에 떳떳하고 진실할수록 그 사랑은 더욱 빛을 발할 것입니다.

사랑은 모든 것을 가능하게 합니다. 사랑은 선의 종교며
행복의 화신이니까요. 사랑 앞에 진실하고 충실하세요.
그런 만큼 더 큰 사랑과 더 큰 행복이 찾아올 테니까요.

나의 모두를 거는 사랑

그대가 나의 사랑이 되어 준다면
내 인생을 모두 걸고서라도
그대와 함께 이 길을 가겠습니다.
외롭고 힘겨운 이 길,
그러나 그대가 내 곁에 있기에
언제나 행복한 길,
그대의 사람이 되어 영원히 저 무덤 속까지

_ 알퐁스 도데의
〈그대가 나의 사랑이 되어준다면〉 전문

사랑하는 사람이 함께하면 아무리 힘들고 험한 길도 주저하지 않고 갈 수 있습니다. 길을 가다 힘에 부치면 사랑하는 사람이 자신을 도와주겠지 하는 '믿음'과 사랑하는 사람과는 그곳이 어디든지 즐거운 마음으로 기꺼이 갈 수 있다는 '사랑의 힘' 때문이지요.

사랑이라는 말엔 '믿음과 신뢰', '희생과 배려', '용기와 격려', '꿈과 희망'이라는 의미가 내포되어 있습니다. 그래서 사랑을 하게 되면 이 모든 것들이 동시다발적으로 작용하게 되는 것이지요.

프랑스의 소설가이자 소설 《별》로 유명한 알퐁스 도데 (Alphonse Daudet)는 사랑하는 사람에 대한 사랑하는 이의 절절한 사랑에 대해 자신의 시 〈그대가 나의 사랑이 되어준다면〉에서 '그대가 나의 사랑이 되어 준다면 내 인생 모두 걸고서라도 그대와 함께 이 길을 가겠다'라고 말합니다. 자신의 모든 것을 걸겠다는 이 열정적인 사랑 앞에 누군들 감동하지 않을 수 있을까요. 이처럼 사랑은 사랑하는 사람을 위해 자신의 모두를 걸 수 있을 만큼 큰 용기와 힘을 부여해 줍니다.

그렇습니다. 사랑의 힘은 참으로 대단해서 사랑하는 사람을 위해서라면 자신의 희생도 결코 두려워하지 않는답니다. 사랑하는 이를 위해 나의 모두를 걸 수 있는 사랑, 이런 사랑이야말로 위대한 사랑, 그 자체라고 할 수 있습니다.

사랑하는 이를 위해 자신의 모든 것을 걸 수 있는 사랑, 사랑하는 이를 위해 자신을 바칠 수 있는 사랑, 이런 사랑이야말로 불멸의 사랑이라고 할 수 있습니다. 사랑할 수 있는 한 이런 사랑을 하십시오. 그런 사랑이 사랑 중에 최고의 사랑이니까요.

견고한 사랑

당신 마음은 나와 함께 있으니
좋든 싫든 오로지 내 것이랍니다.
설레며 불타오르는 내 사랑에서
어떤 천사라도 그대를 앗아가진 못해요.

_ 헤르만 헤세의
〈당신을 사랑하기에〉 중

독일의 시인이자 소설가이며 소설《데미안》으로 유명한 헤르만 헤세는 견고한 사랑에 대해 자신의 시 〈당신을 사랑하기에〉에서 '당신 마음은 나와 함께 있으니 좋든 싫든 오로지 내 것이랍니다. 설레며 불타오르는 내 사랑에서 어떤 천사라도 그대를 앗아가진 못해요'라고 단호하게 말합니다.

이처럼 자신이 사랑하는 사람을 지키겠다는 강렬한 사랑의 의지는 사랑하는 사람은 물론, 그 사랑을 지켜보는 사람에게도 감동을 주기에 조금도 부족함이 없습니다.

사랑하는 이에 대한 자신의 사랑의 확신을 이처럼 보여줄 수 있다면, 그 어떤 상황에서도 자신의 사랑을 지켜냄은 물론, 그로 인해 둘의 사랑은 더욱 단단하게 맺어지게 됨으로써, 누구보다도 행복하고 아름다운 삶을 살아가게 될 것입니다.

쉽게 만났다 쉽게 헤어지는 사랑은 진정성이 없는 하루살이 사랑에 불과하지요. 이런 사랑을 할 거면 아예 시도조차 하지 않는 것이 좋습니다. 그것은 신성하고 거룩한 사랑을 모독하는 일이며, 자신의 사랑을 무가치하게 만드는 패역한 일이기 때문입니다.

어떤 상황에서도 자신의 사랑을 지켜내고 싶다면, 또한 그 사랑을 더욱 가치 있게 하고 싶다면, 그 어느 순간에도 흔들림 없이 견고하게 사랑을 다져나가야 한답니다.

인생의 시련과 역경 속에서도 자신이 사랑하는 사람을 지키고 행복하기 위해서는, 흔들림 없는 사랑으로 사랑하는 사람을 사랑해야 합니다. 견고한 사랑은 뿌리 깊은 나무와 같아, 어떤 흔들림 앞에서도 결코 무너지지 않기 때문이지요.

내 인생의 모든 것, 사랑하는 사람

오, 내 황혼의 노래를 거두는 사람이여,

내 외로운 꿈속 깊이 사무쳐 있는

그리운 사람이여,

그대는 나의 모든 것입니다

_ 파블로 네루다의
〈그대는 나의 전부입니다〉 중

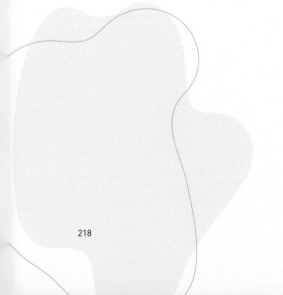

사랑하는 사람은 사랑하는 이의 하늘이며, 바다이며, 태양이며, 별이며, 꿈이며, 이상이며, 우주이며 인생의 모든 것입니다. 그래서 사랑하는 사람이 잠시만 마음으로부터 멀어지면 인생의 모든 것을 다 잃은 듯 캄캄해지며, 절망감과 공허함에 사로잡혀 슬픔에 잠기게 되지요. 사랑하는 사람은 사랑하는 이에게는 절대적이며, 또 다른 자신과 같이 소중한 존재입니다.

칠레의 위대한 민중 시인이자 노벨문학상을 수상한 파블로 네루다(Pablo Neruda). 외교관으로서 정치가로서 남미를 대표하는 시인으로서 한 생을 구가했지요. 그는 철도 노동자의 아들로 태어나 열아홉 살 때 첫 시집《황혼의 노래》를 출간해서 사람들의 이목을 집중시켰습니다. 그리고 스무 살 때 시집《스무 편의 사랑의 시와 한 편의 절망의 노래》로 대중의 사랑을 받으며 남미 전역에서 가장 유명한 시인으로 이름을 떨쳤지요. 파블로 네루다가 시 〈그대는 나의 전부입니다〉에서 말하고자 하는 것은, 열정적이고 순정한 사랑입니다. 그렇다면 열정적이고 순정한 사랑은 무엇인가요?

그것은 사랑하는 이를 뜨겁게 받아들이므로, 사랑하는 이에게 감동을 주는 사랑을 말합니다. 또한 순정한 사랑은 맑고 순수한 이미지를 사랑하는 사람에게 심어줌으로써 사랑하는 이에게 감동을 주는 사랑을 말하지요.

파블로 네루다의 표현처럼 사랑하는 사람을 자신의 전부라고 여겨, 마음을 다하고 뜻을 다하여 목숨처럼 사랑하고 또 사랑하세요.

내 인생의 전부인 사람, 또 다른 나인 사람, 그 사람을 우리는 사랑하는 사람이라고 말합니다. 사랑하는 이를 최선으로 사랑하고 또 사랑하십시오.

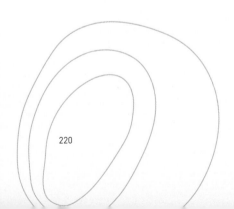

하
나
의
꿈
을
간
직
하
는
사
랑

사랑하는 사람이여

그대와 내가

사랑으로 하나 되는 길은

영원히 함께

하나의 꿈을 간직해 가는 것입니다.

_ J. 포스의
〈사랑으로 하나 되는 길〉 중

깊이 사랑하게 되면 서로의 생각도 같아지고. 좋아하는 것도 같아지고, 원하는 것도 같아지는 경향이 있습니다. 깊이 사랑하게 되면 생각을 공유하게 되기 때문인데, 생각을 공유한다는 것은 '나는 네가 되고 너는 내가 되는' 서로에게 자신의 사랑의 감정을 표현하는 가장 보편적이면서도 가장 효과적인 방법이지요.

사랑의 감정을 공유하는 사랑에 대해 J. 포스는 시 〈사랑으로 하나 되는 길〉에서 '그대와 내가 사랑으로 하나 되는 길은 영원히 함께 하나의 꿈을 간직해 가는 것이다'라고 말합니다.

영원히 함께하는 하나의 꿈이란 '영원한 사랑', '만족하고 충만한 행복'을 말하는데, 이런 사랑을 간직하고 실현시키기 위해서는 오직 사랑으로 하나가 되는 것입니다. 사랑만이 하나의 꿈을 이룰 수 있기 때문이니까요.

그렇습니다. 서로를 깊이 사랑하게 되면 영원히 함께 하나의 꿈을 갖게 되길 바라게 되는데, 그것은 영원한 행복을 추구하는 것입니다.

사랑하세요. 그 어떤 사랑도 사랑은 아름다우니까요. 하나가 되는 둘의 사랑은 그래서 더욱 아름답지요. 그리고 영원한 행복을 추구하는 사랑은 더욱더 아름답습니다.

하나의 꿈을 간직하는 사랑이 아름답고 행복한 것은, 그
것은 사랑을 하는 목적이자 이유이기 때문이지요. 하나
의 꿈을 이루기 위해서는 어떻게 해야 할까요. 그것은
생각을 공유하고 서로를 믿으며, 아낌없이 후회 없이 사
랑하는 것이랍니다.

산비둘기 같이 정다운 사랑

두 마리 산비둘기가
정다운 마음으로
서로 사랑을 했습니다.

그 나머지는
말하지 않으렵니다.

_ 장 콕토의
〈산비둘기〉 전문

224

아름답고 행복한 사랑을 표현할 때 비둘기 같은 사랑이라고 흔히 표현합니다. 비둘기는 평화를 상징하는 새로 평화라는 말에는 '사랑'이라는 의미가 담겨 있기 때문이지요.

　이처럼 비둘기가 사랑과 평화를 상징하듯, 사랑은 비둘기처럼 다정하게 할 때 행복은 더욱 커진답니다.

　언젠가 인사동에서 두 마리의 비둘기가 나란히 걸어가는 모습을 본 적이 있습니다. 뒤뚱거리며 걷는 모습이 어찌나 앙증맞고 귀여운지 내 시야에서 벗어날 때까지 바라보았습니다. 비둘기 같은 새도 한 마리보다는 두 마리가 더욱 정답고 예뻐 보입니다. 하나는 외로워 보이고 둘은 정답고 다정해 보이는 까닭이지요.

　프랑스 시인이자 소설가이며 영화감독인 장 콕토(Jean Cocteau)는 시 〈산비둘기〉에서 산비둘기가 정다운 마음으로 사랑을 했는데 그다음은 말하지 않겠다고 표현했는데, 말 안 하는 이유는 그만큼 그 사랑이 아름답고 행복하다는 것을 방증하는 의미에서지요. 내가 인사동에서 비둘기를 보고 느꼈던 감정이 〈산비둘기〉에 그대로 드러나 국적이 다르고, 말이 다르고, 환경이 달라도 사람이 느끼는 감정은 같구나, 하는 것을 새삼 느끼게 됩니다.

　사랑한다면 비둘기처럼 다정하게 하세요. 누구나 부러워하는 사랑, 누구나 하고 싶어 하는 사랑, 이런 사랑이야말로 사랑 중에 사랑입니다.

비둘기의 다정한 모습처럼 다정한 연인의 모습은 보는
것만으로도 마음을 흐뭇하게 합니다. 마치 따뜻하고 온
화한 느낌을 주는 그림처럼 마음을 잔잔하게 하기 때문
이지요. 사랑한다면 비둘기처럼 다정하게 사랑하세요.

다시 태어나도 하고 싶은 사랑

다시 태어나도
그대를 사랑하고 싶은 것은
이제 내가 그대를 위해
울어 줄 차례이기 때문입니다.

_ J. 포스터의
〈다시 태어나도 그대를 사랑하겠습니다〉 중

다시 태어나도 다시 하고 싶은 사랑처럼 만족하고 충만한 사랑은 없을 것입니다. 얼마나 행복하고 좋았으면 다시 태어나도 또 그 사랑을 선택하고 싶을까요. 이런 사랑은 생각하는 것만으로도 마음이 뜨거워집니다.

"다시 태어나도 네 아내와 결혼할 거야?"

"다시 태어난다면 네 남편을 다시 선택할 거니?"

사람들이 흔히 하는 질문입니다. 그런데 이 질문에 대해 대개의 사람은 '아니다'라고 말하는 것을 흔히 봅니다. 이는 무엇을 뜻할까요. 그것은 지금의 사랑에 그렇게 만족하지 않다는 방증이지요. 즉 이미 결혼을 했으니까 지금의 남편과 또는 아내로서 만족하겠다는 것입니다.

J. 포스터는 '다시 태어나도 그대를 사랑하겠다'라고 자신의 시에서 고백합니다. 그리고 그 이유가 '내가 그대를 위해 울어줄 차례이기 때문이다'라고 말합니다. 이는 무엇을 뜻하는 걸까요. 그것은 사랑하는 이로부터 희생적이고 아낌없는 사랑을 받았다는 것을 뜻합니다. 그래서 자신 또한 다시 태어난다면 사랑하는 사람을 위해 아낌없는 사랑을 하겠다고 고백하는 것이지요.

다시 태어나도 지금 사랑을 선택하겠다는 것은, 사랑하는 이에 대한 최고의 찬사입니다. 이처럼 가슴 뭉클하고 행복한 사랑

의 고백을 들을 수 있도록, 사랑하는 이를 조금도 아쉬움 없이
사랑하십시오.

다시 태어나도 다시 하고 싶은 사랑, 이런 사랑을 한다
는 것은 서로에게는 최고의 사랑이자 최고의 행복입니
다. 할 수만 있다면 이런 사랑을 해야 합니다. 이런 사랑
은 생각만으로도 마음을 들뜨게 하니까요.

언제나 함께하고픈 사랑

어떤 계획도 함께 설계하고

각자의 꿈도 함께 나누어요.

당신을 도우며 위로하고 싶고

사랑하고 싶습니다.

나는 언제나 당신과 함께이고 싶습니다.

_ 달리 파톤의
〈언제나 당신과 함께이고 싶습니다〉 중

사랑하는 이를 위해 모든 것을 함께 하고 싶어 하고, 도와주고 싶어 하고, 언제까지나 함께 있고 싶어 하는 사랑은 그 자체만으로도 얼마나 아름답고 숭고한가요. 사랑하는 사람과 한순간도 떨어지지 않고, 영원히 함께하고 싶은 사랑을 할 수 있다면 그것은 대단한 사랑의 축복이지요.

그런데 이런 사랑을 하기 위해서는 많은 노력이 필요합니다. 가만히 있는데 그런 사랑은 찾아오지 않기 때문이지요. 자신이 먼저 사랑하는 이를 감동시키도록 노력해야 합니다. 다시 말해 그런 사랑을 할 수 있도록 자신이 만들어야 합니다.

만족하고 충만한 사랑을 원한다면 기다리지 말고, 자신이 먼저 바라는 대로 적극적으로 행하세요. 사랑은 노력하는 자에게 은총을 베푸는 까닭입니다.

사랑하는 사람과 언제나 함께하고 싶은 사랑을 하기 위해서는, 많은 노력이 따라야 합니다. 사랑하는 사람을 감동시키면 그 또한 온 마음으로 자신의 사랑을 주려고 할 것이기 때문입니다. 자신이 먼저 베풀고 노력하는 사랑은 곧 자신에게 큰 사랑의 선물로 되돌아온답니다.

● 사랑하는 사람을 평안하게 하는 사랑

빛이 필요하다면

난 곧장 노 저어가리.

험한 세상 건너는 다리처럼

당신의 마음을 안정시키리.

당신의 마음을 편안케 하리.

_ S. A 갈푼켈의

〈험한 세상의 다리가 되어〉 중

사랑한다는 이유로 사랑하는 이를 구속하고, 집착하는 사람들이 있습니다. 사랑하는 이의 일거수일투족을 감시하는가 하면, 무엇이든 자신이 바라는 대로 해 주길 바라지요. 이는 대단히 잘못된 사랑법입니다.

자신은 좋아서, 사랑해서 하는 일일지라도 사랑하는 이가 그로 인해 간섭받는다는 생각을 하고, 마음의 불편을 느낀다면 그것은 사랑이 아닙니다. 그것은 사랑하는 이에게는 큰 고통이며 불행한 일일 뿐입니다.

요즘 언론에 자주 거론되는 데이트 폭력의 원인은 사랑하는 사람에 대해 지나치게 간섭하고 구속하는 데에 있습니다. 간섭하고 구속하는 것은 사랑하는 이의 의사에 반하는 것으로, 인격을 모독하고 유린하는 것과 같습니다. 이는 명백한 범죄 행위이지요.

사랑은 일방적인 것이 되어서는 안 됩니다. 서로의 마음을 공유하고, 생각을 공유하고, 함께함으로써 평안하게 기댈 수 있는 삶의 쉼터와 같은 것이어야 합니다. 나아가 인생을 살아가면서 고난의 강을 만나면 다리가 되어주고, 장벽을 만나면 장벽을 거둬주고, 어둠이 찾아들면 어둠을 환히 밝히는 빛이 되어야 합니다.

그런데 사랑하는 이가 사사건건 마음을 불편하게 하고, 짜증

나게 행동한다면 그것은 사랑을 아니하는 것만 못하지요. 사랑
하는 이를 평안하게 하고 행복하게 하는 사랑, 이런 사랑은 누구
나 바라는 참 좋은 사랑이지요.

사랑한다는 이유로 사랑하는 이를 구속하고, 집착한다
면 서로가 불행해집니다. 당하는 입장에서는 사랑이 아
니라 고통이며 간섭이기 때문이니까요. 사랑하는 이를
진정으로 사랑한다면, 사랑하는 이를 평안하게 해야 합
니다.

여행과 같은 사랑

그대와의 사랑은
반드시 한 번은 가야 하는 여행과도 같은 것
그대는 내 마음에 시를 심고
나는 그대를 꽃피우는 시인이 됩니다.

_ W. 코웰의
〈사랑은 그대와 함께 하는 여행입니다〉 중

W. 코웰은 시 〈사랑은 그대와 함께 하는 여행입니다〉에서 사랑은 한번은 반드시 가야 하는 여행이라고 말합니다. 사랑의 정의에 대한 매우 적절한 표현이 아닐 수 없습니다.

그렇습니다. 둘이 만나 사랑을 하게 되는 순간 지금까지는 혼자였지만, 앞으로는 둘인 혼자가 마치 원래부터 하나인 듯, 살아가야 하기 때문이지요.

살아가다 보면 아무것도 아닌 일로 서로 부딪치기도 하고, 전혀 의도하지 않는 어쩔 수 없는 일을 겪기도 하고, 내 의지와는 상관없는 일로 오해를 부르기도 하고, 아무것도 아닌 일로 서로에게 마음의 상처를 주기도 합니다. 이는 마치 여행 도중에 겪게 되는 뜻하지 않는 일과도 같아 이해할 수 있는 일은 서로가 이해하고, 힘이 되어야 하는 일은 힘이 되어주어야 하고, 매사에 있어 지혜롭게 대처해야 합니다. 그러지 않으면 즐기면서 만끽하는 사랑의 여행을 한다는 것은 무리가 되어, 도리어 서로의 가슴에 상처가 되기도 하기 때문입니다.

사랑이 오래도록 즐거운 여행이 되느냐, 재미가 없어 짧은 여행으로 끝나고 마느냐는 오직 서로에게 달려 있습니다. 사랑은 참 좋은 인생의 선물이지요. 이 아름답고 숭고한 인생의 선물을 헛되이 하지 않도록, 서로가 서로의 가슴에 기쁨의 시를 새기고, 행복이라는 멋진 시를 쓰는 내 인생의 시인이 되어야 하겠습니다.

사랑은 여행과 같아 즐거운 여행이 되어야 합니다. 즐거운 여행을 하기 위해서는 서로를 배려하고 협심해야 하지요. 그렇지 않으면 지루한 여행이 될 수 있습니다. 즐거운 여행을 하느냐 지루한 여행을 하느냐는 오직 서로에게 달려 있습니다.

아무것도 막을 수 없는 사랑

사랑을

막을 수 있는 것은

아무것도 없습니다.

사랑은

시작도 없고

끝도 없기 때문입니다.

_ M. 크라우디우스의
〈그대 향한 내 마음은 사랑입니다〉 중

사랑에 깊이 빠지게 되면 그 어느 누구도 '사랑이란 이름의 전차'를 막을 수 없습니다. 그것은 마치 견고한 성과 같고, 거세게 달려와 하얗게 부서져 내리는 거대한 파도와 같아 그 앞을 막는다는 것은 어리석은 일과도 같기 때문입니다.

　시쳇말로 '사랑을 하면 눈이 먼다'는 말이 있습니다. 그러니까 깊이 사랑하게 되면 사랑하는 이에게 빠져, 아무것도 눈에 안 들어오고, 아무 소리도 귀에 들려오지 않음을 뜻하는 말이지요. 그래서 둘 사이를 억지로 떼어내려고 하다 보면, 잘못된 선택을 하게 하여 불행을 초래하게 된답니다.

　사랑에 한번 깊이 빠지게 되면 아무도 막을 수 없습니다. 온 밤을 하얗게 태워버릴 수 있는 열정적인 사랑, 오늘을 마지막인 것처럼 사랑하는 사랑, 그런 사랑이야말로 목숨을 걸고 싶은 아름다운 사랑이지요.

　　아무것도 막을 수 없는 사랑, 그 무엇으로도 갈라놓을 수 없는 사랑, 이런 사랑이야말로 목숨을 걸만한 사랑입니다. 한 번을 사랑하더라도 열정적으로 사랑하세요. 마치 오늘이 마지막인 듯이 그렇게 사랑하십시오.

사랑을 알게 한 사람

내가 만약

사랑이 어떤 것인지를 알게 된다면

그것은

오직

그대 때문입니다.

_ 헤르만 헤세의
〈내가 만약〉 전문

사랑을 잘 모르다가도 사랑을 하게 되면, 그 사람을 통해 사랑이 무엇인지 알게 되지요. 사랑하는 사람은 '사랑의 시인'이자 '사랑의 화신'이니까요. 또한 '사랑의 메신저'이자 '사랑의 매직'이지요. 그리고 사랑하는 사람은 인생을 송두리째 바꿀 만큼 사랑하는 이에게는 절대적 존재이자 인생의 보석입니다.

　독일계 스위스인으로 시인이자 소설가로 걸작《데미안》을 쓴 헤르만 헤세는 사랑을 알게 한 사람을 '오직 그대 때문이다'라고 말합니다. 그의 말이 더욱 공감을 갖게 하는 것은 자신의 경험에 의해 시로 표현되었기 때문이지요.

　사랑을 경험했거나 하고 있는 사람들은 헤르만 헤세의 시적 표현이 매우 적확하다는 것을 알 수 있을 것입니다. 사랑하는 사람인 '그대'가 있음으로 사랑은 환한 행복의 꽃으로 피어나게 되고, 서로의 가슴을 뜨겁고 향기롭게 하기 때문이니까요. 사랑에 깊이 물들면 보는 것마다 아름답고, 의미가 되고, 행복의 꽃이 된답니다.

　그렇습니다. 사랑하는 사람은 사랑을 알게 하는 동시에 사랑의 소중함을 일깨우는 사랑의 교사이지요.

　사랑하는 사람이 있다면 그 사람을 소중히 하세요. 사랑하는 사람이 있다는 것만으로도, 인생은 충분히 넘치도록 아름답고 행복하기 때문이지요.

사랑하는 사람이 있으므로 사랑을 알게 되고, 행복을 느끼게 되고, 삶의 즐거움을 알게 됩니다. 사랑하는 사람은 '사랑의 시인'이자 '사랑의 화신'이지요. 사랑하는 사람이 있다는 것에 무조건 감사하십시오.

인생에서 가장 기억될 만한 사랑

내가 가장 바라는 소망은

우리 함께하는 시간이

그대 인생에서

가장 기억될 만한 시간이 되었으면

하는 것이랍니다.

_ 대니 얼 하그한의

〈내가 가장 바라는 소망은〉 중

사람은 누구나 자신들의 사랑이 가장 뜻있고, 아름답고, 우아하고, 주목받기를 기대하지요. 누군가에게 기억되는 사랑은 그만큼 자신들에게는 물론 보는 이들을 흐뭇하게 하는 까닭이지요.

서로에게 기억되는 사랑이 되기 위해서는 서로가 서로에게 깊은 감동을 주고, 두 번 다시는 사랑할 수 없듯 잊지 못할 사랑이 되어야 합니다.

인생의 모든 가치 있는 일이나, 의미 있는 일은 그만한 대가를 치러야 하듯, 사랑 또한 그만한 대가를 치러야 한답니다. 사랑의 대가를 치르기 위해서는 서로에게 만족한 사랑, 서로에게 자신의 모든 것을 줄 수 있는 사랑이 되어야 합니다. 이런 사랑이라면 서로의 인생에서 가장 기억되기에 부족함이 없기 때문이니까요.

대니 얼 하그한은 시 〈내가 가장 바라는 소망은〉에서 사랑하는 사람과의 사랑이, 사랑하는 이의 인생에서 가장 기억될 만한 시간이 되었으면 하는 것이라고 말합니다. 이는 단적으로 말해 사랑하는 이가 자신의 인생에서 가장 기억될 만한 시간이 되도록 자신이 그런 사랑을 하겠다는 의지가 내포되어 있습니다. 사랑하는 이의 기억 속에 영원히 기억되는 사랑은 얼마나 눈물겹도록 행복할까요. 그리고 사랑하는 사람은 얼마나 가치 있는 축복인가요.

우리는 누구나 이런 사랑을 해야 합니다. 그것이 스스로에게 바치는 가장 존귀한 선물이기 때문이니까요.

인생에서 가장 기억될 만한 시간이란 생각하기 나름이지요. 자신이 무언가 큰 업적을 남긴다거나, 많은 사람으로부터 기억되는 삶을 산다거나 할 때 이는 충분히 기억될 만하지요. 이와 마찬가지로 사랑 또한 가장 기억에 남는 시간이 되어야 합니다. 사랑은 그 어떤 것보다도 가치 있는 일이기 때문이지요.

있는 그대로 보여주는 사랑

이젠 있는 그대로의 모습으로 내게 오세요.

나도 그렇게 하겠어요.

_ U. 사퍼의

〈그대와 단둘이 있을 때면〉 중

대개의 사람들은 사랑을 하게 되면 서로에게 가장 멋진 모습, 가장 좋은 모습을 보여주려고 가꾸는 일에 열심이지요. 사랑하는 이에게 자신의 멋진 모습, 예쁜 모습, 좋은 모습을 보여주고 싶은 것은 당연한 일이니까요. 그래서 사랑을 하면 예뻐진다는 말도 있습니다. 그런데 서로를 깊이 알게 되고 사랑을 하게 되면, 인위적인 꾸밈보다는 있는 그대로의 모습도 멋지게 보이고 예뻐 보이지요.

외적인 모습은 처음 얼마간은 서로의 마음에서 강하게 작용하지만, 서로를 알아가다 보면 내면적인 것에 더 마음이 간답니다. 사람 됨됨이가 괜찮은지, 속이 꽉 찬 사람인지, 품격을 갖춘 사람인지, 장래성이 있는 사람인지, 성실한 사람인지 등 상대의 내면에 깊이 몰입하게 되지요. 그래서 그 사람이 마음에 들면 그 사람의 있는 그대로의 모습도 멋지고, 예쁘고, 사랑스러워진답니다.

U. 샤퍼 또한 이런 감정을 느꼈던 것입니다. 그의 시 〈그대와 단둘이 있을 때면〉을 보면 사랑하는 이에게 있는 그대로 자신에게 오라고 말합니다. 그리고 자신 또한 그렇게 하겠다고 말하니까요.

있는 그대로를 보여주고, 사랑한다는 것은 그만큼 서로를 깊이 사랑하고 내면 깊이 서로를 잘 안다는 것을 방증하는 것이지요.

　충만한 인생을 살고 싶다면 한 번도 미워하지 않은 것처럼 사랑하세요. 있는 그대로를 보여주고 거짓 없이, 아낌없이 사랑하고 또 사랑하십시오.

　자신의 있는 그대로를 가감 없이 보여주는 사랑을 한다는 것은 내면의 세계에 믿음이 갈 때 일이지요. 있는 그대로를 보여주기 위해서는 속이 꽉 찬, 내면의 세계가 아름다운 사람이 되어야 합니다.

모든 경험을 나누고 공유하는 사랑

당신은 나의 반쪽이므로

나 혼자서 내 삶을 살 수 있다 해도

지금의 내 삶은

우리의 모든 경험을

아낌없이 나누는 삶이에요.

_ 스템코프스키의
〈그대 그리워지는 날에는〉 중

사랑을 하면 사랑하는 이의 모든 것이 다 신비스럽고, 멋져 보이고, 좋아 보이지요. 그래서 무엇이든 함께 하기를 바라게 됩니다. 사랑에는 사랑하는 이의 모든 것을 함께 공유하고, 나누기를 바라게 되는 간절한 마음이 담겨 있기 때문이지요. 나아가 사랑은 비밀까지도 공유하고 싶게 만들고, 사랑하는 이에 관한 것은 무엇이든 알기를 바라게 하지요.

그래서일까, 사랑을 하게 되면 서로에게 무슨 말이든지 허심탄회하게 하게 되고, 지나치리만치 솔직해지지요. 사랑은 사랑하는 이를 믿는 일이고, 그 어떤 일도 신뢰하는 마음이기 때문입니다. 그런 까닭에 이러한 사랑의 관계에서는 비밀을 만드는 일은 없어야 합니다. 비밀을 만든다는 것은 서로의 사랑을 믿지 못한다는 방증이기 때문이지요.

러시아의 시인 스템코프스키는 이런 사랑의 감정에 대해 잘 알고 있기에 지금 자신의 삶은 우리의 모든 경험을 아낌없이 나누는 삶이라고 사랑하는 이에게 고백합니다.

이처럼 모든 경험을 아낌없이 나누는 스템코프스키의 사랑은 그만큼 아름답고, 행복하다는 것을 알 수 있습니다.

사랑은 생각도 다르고, 배움도 다르고, 집안 환경도 다르고, 경험도 다른 둘이 만나 하나의 삶을 이루는 숭고한 축복의 행위이지요. 그런 까닭에 사랑하는 사람과 인생의 모든 경험을 적극적

으로 공유하고, 나누는 삶을 살 때 인생은 더욱 풍요롭고 행복해
진답니다.

인생의 모든 경험을 나누고 공유하는 사랑, 이런 사랑은
얼마나 아름다운가요. 모든 경험을 함께한다는 것은 서
로를 믿고 신뢰할 때만이 가능하기 때문이지요. 사랑하
세요. 모든 경험을 서로 나누는 그런 사랑을 하십시오.

내 마음을 보여주고 싶은 사랑

짧은 시간만이라도
당신과 내가
바뀌었으면 해요.

그래야 당신은
내가 당신을 얼마나 사랑하는지를
알 테니까요.

_ 밸쁘헤의
〈내가 당신을 얼마나 사랑하는지〉 전문

사랑하는 사람이 자신의 사랑을 잘 몰라준다는 생각이 들 땐 자신의 마음을 활짝 열고 보여주고 싶어 합니다. 그러나 마음을 양말처럼 뒤집어 보여줄 수도 없고 그저 안타까운 마음에 사랑하는 이가 야속하기도 하고, 미워지기도 하고, 어떤 때는 너무 속상해 눈물이 나기도 하지요.

이런 사랑의 감정을 밸쁘헤는 〈내가 당신을 얼마나 사랑하는지〉라는 시에서 짧은 시간만이라도 사랑하는 이와 자신이 바뀌었으면 하고 말합니다. 역지사지란 말처럼 그래야 자신의 답답한 심정을 사랑하는 이가 알아차릴 수 있다고 믿는 까닭이지요.

밸쁘헤가 이런 시를 쓸 수 있었던 것은 그만큼 사랑하는 이를 사랑하고 있다는 자신의 충만한 마음을 사랑하는 이에게 보여주고 싶었기 때문입니다. 얼마나 사랑하는 이를 사랑하면, 서로가 바뀌었으면 하고 생각할까요. 어린아이처럼 해맑은 동심적 사랑이 아닐 수 없습니다.

릴케는 시를 정의하기를 '시는 체험이다'라고 했는데, '시는 체험을 바탕으로 하는 문학의 정수'라고 했을 때 밸쁘헤의 마음은 충분히 이해가 가고도 남습니다.

사랑을 하려면 적극적으로 자신을 표현해야 합니다. 자신의 사랑을 적극적으로 보여주면 사랑하는 이는 자신이 사랑받는다고 여겨, 자신 또한 사랑하는 사람에게 자신의 사랑을 듬뿍 담아 사랑을 표현할 것이기 때문입니다.

사랑하는 이에게 자신이 얼마나 사랑하는지를 알게 하기 위해 서로 바뀌었으면 하고 바라는 마음엔 동심적 순수가 있습니다. 그만큼 충만한 사랑을 하고 있음을 의미하지요. 이런 마음으로 하는 사랑은 그 어떤 사랑보다도 순수하고 아름답습니다.

음악과 사랑

당신과 함께 있을 때
모든 음악은 나를
사랑 속으로 끌어들인다.

_ 수잔 폴리스 슈츠의
〈사랑은 음악처럼〉 중

사랑의 정서와 잘 어울리는 것 중 음악만한 것은 없습니다. 거리가 훤히 내다보이는 창 넓은 카페 창가에 앉아, 찻잔을 마주 놓고 이야기를 하며 듣는 감미로운 음악은 서로에 대한 사랑의 감정을 증폭시키는 데 아주 효과적이지요. 음악은 청각적인 것이지만, 가슴에 닿는 순간 마음을 포근히 감싸오며 서정의 푸른 강가를 거닐게 합니다.

특히, 사랑의 정서를 담은 발라드풍의 노래는 더욱더 서로의 감정을 사랑하는 이의 마음속으로 차분히 그러나 뜨겁게 스며들게 하지요. 분위기에 취한다는 말처럼 음악을 듣다 보면 한층 분위기가 무르익고, 무뚝뚝한 사람도 나긋나긋해져 둘 사이에는 따뜻한 봄날 같은 기운이 잔잔히 흐릅니다. 음악은 '노래로 쓰는 시'라고 할 수 있을 만큼, 사람의 마음을 정서적으로 따뜻하고 맑게 하지요.

사랑 시에 관한 한 자신의 색깔을 분명히 보여주는 미국의 여성 시인 수잔 폴리스 슈츠는 이런 사랑의 감정을 '당신과 함께 있을 때 모든 음악은 나를 사랑 속으로 끌어들인다'라고 시 〈사랑은 음악처럼〉에서 말합니다.

그렇습니다. 음악은 사랑하는 이와 함께할 때 더욱 빛을 발합니다. 그런데 연애를 할 땐 음악을 즐겨듣다가도 결혼을 하고 나면, 언제 그랬느냐는 듯 음악과 멀어지는 이들이 많습니다. 음악을 단순히 음악으로 생각하면 음악으로 끝나지만, 둘 사이를 끈끈하게 이어주는 '사랑의 벨트'라고 생각하면 음악처럼 좋은 것은 없습니다.

사랑한다면 때론 서로에게 감미로운 음악처럼, 감미로운 사랑의 음악이 되어야 합니다.

음악과 사랑은 불가분의 관계라고 해도 지나침이 없습니다. 사랑하는 이들을 부드럽고 따뜻하게 이어주는 데에는 음악처럼 좋은 것은 없으니까요. 자주 음악을 듣기바랍니다. 음악은 둘 사이의 사랑을 더욱 증폭시킴으로써 행복을 배가시키기 때문이지요.

영원히 타오르는 불꽃 같은 사랑

내 너를 사랑했네라, 그리고
사랑하노라, 지금 이 순간도
이 세상이 무너져 내린다 해도
무너져 조각조각 깨어진 그 조각에서도
정녕코 타오르리라, 내 사랑의 불꽃은

_ 하인리히 하이네의
〈내 사랑의 불꽃〉 전문

깊이 사랑하게 되면 목숨까지도 함께 하고 싶은 마음을 갖게 됩니다. 또한 사랑은 불가능도 가능하게 하고, 절망 속에서도 꿈과 희망을 품게 하지요. 이 모두는 사랑은 사랑하는 이에 대해 절대적인 가치를 지니는 까닭입니다.

비판의식과 서정성을 두루 갖춘 독일의 시인이자 평론가인 하인리히 하이네는 시 〈내 사랑의 불꽃〉에서 '내 너를 사랑했네라, 그리고 사랑하노라, 지금 이 순간도 이 세상이 무너져 내린다 해도 무너져 조각조각 깨어진 그 조각에서도 정녕코 타오르리라, 내 사랑의 불꽃은'이라고 말합니다. 하이네가 사랑에 대해 이렇게 표현한 것은 그 또한 깊은 사랑의 경험에서 사랑의 소중함을 가슴 깊이 느꼈기 때문이지요.

세상이 무너져 내리고, 조각조각 깨어진 그 조각에서도 사랑의 불꽃으로 타오르겠다는, 하이네의 사랑에 대한 신념은 열정적이다 못해 숭고하기까지 합니다. 이처럼 사랑의 영원성을 갖는다는 것은 그 사랑이 자신에게는 구원이자 생명과도 같다는 방증이니까요.

사랑을 하면 이런 불꽃 같은 마음을 누구나 한 번쯤은 갖게 되는데, 사랑에 깊이 몰입되었을 때입니다. 하지만 사랑이 엷어지면 이런 마음도 안개처럼 서서히 사라지게 되지요.

하이네의 사랑 고백처럼 사랑하며 살기를 바란다면, 사랑하는 이를 목숨처럼 여기고 오늘을 마지막이듯이 뜨겁게 사랑하세요.
사랑이 깊어질수록 행복도 인생도 더욱 깊어지고 풍요로워진답
니다.

영원히 타오르는 사랑의 불꽃은 얼마나 아름답고 정열
적인가요. 활활 타오르는 불꽃처럼 사랑을 활짝 타오르
게 한다면 얼마나 열정적인 사랑인가요. 삶의 영원한 화
두인 사랑, 불꽃 같은 사랑을 하십시오. 그 사랑이 당신
을 자유케 할 것입니다.

사랑하기 때문에 행복한 사랑

수많은 말로 표현해도
단 한 마디로 표현해도
사랑하고 있음으로 해서
나는 행복하다.

_ P. M 윌리엄스의
〈사랑하기 때문에〉 중

사랑하는 사람에게 수만 가지의 말로 자신의 사랑을 표현하나, 단 한마디로 표현하나 자신의 사랑을 표현한다는 것은 마찬가지입니다. 하지만 사람에 따라서 이를 받아들이는 자세는 다 다르지요. 이는 다분히 그 사람의 성격에 기인한다고 하겠습니다.

가령 아무리 많은 미사여구를 다 동원하여 말한다고 해도, 성격적으로 맞지 않으면 사탕발림이나 그냥 하는 말로 받아들이는 사람도 있습니다. 이런 사람에게는 오히려 역효과가 날 수 있지요. 그래서 이런 사람에게는 멋지고 마음에 남는 단 한마디로 말하는 것이 더 효과적입니다.

그러나 온갖 말을 다 동원하여 사랑을 말하면 뛸 듯이 좋아하는 사람도 있습니다. 이런 사람에게는 수많은 미사여구는 달콤한 사랑의 표현으로써 그 값을 톡톡히 하지요. 그래서 이런 사람에게 단 한 마디로 사랑을 표현하면 자신을 사랑하지 않거나 덜 사랑한다고 여겨 서운해한답니다.

하지만 P. M 윌리엄스 말처럼 '수많은 말로 표현해도 단 한 마디로 표현해도 사랑하고 있음으로 해서 나는 행복하다'라고 말하는 이도 있습니다.

그렇습니다. 사랑의 표현 방식이나 말도 그 사람의 성격에 따라 달리하는 것이 더 효과적이지요.

그렇다면 문제는 간단합니다.

자신이 사랑하는 이의 성격에 맞게 사랑을 말하고 표현하면 됩니다. 그것이 둘 사이의 사랑의 간격을 더욱 좁힐 수 있는 지혜로 작용하기 때문이지요.

사랑의 표현도 사랑하는 이의 성격에 맞게 해야 합니다.
그래야만 더 효과적이기 때문이지요. 사랑은 표현에서
더욱 깊어집니다. 지혜롭게 사랑을 표현하세요.

나
의

일
부
인

사
랑

그대는 나의 일부

내가 살아가는 데 꼭 필요한 부분

_ 릭 노먼의

〈그대는 나의 일부〉 중

사랑하는 이를 표현할 때 '그대는 나의 전부'라고 하는 사람도 있고, '그대는 나의 일부'라고 표현하는 사람도 있습니다. 여기서 '전부'나 '일부'라는 표현은 매우 중요합니다. 전부는 '모든 것'이라는 의미를 갖고 있지만, 일부는 '부분적인 것'이라는 의미를 갖고 있기 때문이지요.

하지만 '전부'든 '일부'든 그것은 사랑하는 이에 대한 자신의 마음을 표현하는 것으로써, 받아들이는 사람의 따라서 그 감정의 정도는 다를 것입니다. 그러나 이왕이면 '그대는 나의 일부'보다는 '그대는 나의 전부'라는 표현은 더 충만한 사랑의 느낌을 갖게 하지요.

그런데 릭노먼은 '그대는 나의 일부 내가 살아가는 데 꼭 필요한 부분'이라고 표현합니다. 이는 그가 사랑하는 이에 대한 사랑의 감정의 폭이 '전부'라고 할 만큼은 아니거나, 사랑의 깊이 또한 '전부'라고 할 만한 상황은 아닐지도 모릅니다.

사랑하는 마음이 깊어지면 '그대는 나의 전부'라는 말이 스스럼없이 나오게 되지요. 그렇게 되면 사랑하는 이 또한 한층 깊은 사랑으로 자신의 사랑을 주려고 할 것입니다.

사랑은 깊고 클수록 좋습니다. 그래야 서로를 더 깊이, 더 크게 사랑함으로써 행복한 미래를 활짝 열어나갈 수 있기 때문입니다.

사랑하십시오.

더 깊이, 더 크고, 더 높이 사랑하는 이를 내 목숨처럼 사랑하
세요.

사랑하는 사람을 표현할 때 '당신의 나의 전부야'라고 하
기도 하고, '당신은 이 세상에서 내게 가장 소중한 사람
이야'라고 말하곤 합니다. 진정으로 사랑한다면 사랑하
는 이에게 그 어떤 찬사도 아끼지 말아야 합니다.

사랑은 용서다, 용서는 사랑이다

사랑이란

비록 잊기 어려운 일이 생겨도

용서해주는 것이다.

_ 리더버그의

〈사랑이란〉 중

사랑을 하다 보면 좋은 일, 즐거운 일. 기쁜 일도 많지만, 뜻하지 않는 일로 다툼을 갖기도 합니다. 다툼은 어느 한쪽의 잘못으로 인해 있게 되는 일로, 다투고 나서 오해를 풀거나 잘못을 인정하고 사과를 하면 언제 그랬느냐는 듯 본래의 다정스러운 모습으로 돌아가지요.

그러나 쌓인 오해를 풀어도, 사과를 해도 상대가 닫힌 마음을 열지 않으면, 안절부절못하게 되고 급기야는 슬픔에 사로잡히게 됩니다. 나아가 사랑의 이별을 고하게 되지요.

그런데 '용서'를 하게 되면 오해도 잘못도 눈 녹듯 녹게 되고, 아무 일도 없었던 것처럼 되돌아간답니다. 용서는 사랑의 또 다른 말이라고 할 만큼, 특히 큰 잘못을 했을 경우 사랑이 없으면 용서하기 힘들지요. 사랑이 있기에 용서가 가능한 것입니다.

리더버그는 〈사랑이란〉 시에서 '사랑이란 비록 잊기 어려운 일이 생겨도 용서해주는 것이다'라고 말합니다. 리더버그 또한 사랑하는 이의 잘못을 용서한 경험이 있었던 것 같습니다. 시로 이처럼 표현한다는 것은 용서했을 때 느꼈던 감정이 자신의 마음을 따뜻하고 넉넉하게 했기 때문이지요.

사람은 누구나 잘못을 하게 됩니다. 잘못을 하니까 사람인 것입니다. 사랑하는 이가 잘못을 하고 진심으로 뉘우치면 용서하세요.

용서는 인간을 신에게 이끄는 가장 아름다운 행동이니까요.

사람은 누구나 잘못을 합니다. 사랑하는 이가 잘못을 하고 사과를 하면 기꺼이 용서하십시오. 그 용서로 인해 더욱 풍요로운 사랑을 얻게 되고, 그로 인해 충만한 행복을 누리게 될 것입니다.

●

아침을 함께 맞는 사랑

만일 당신이 바라신다면
난 당신께 드리겠어요.
아침을
나의 명랑한 아침을.

_ 기욤 아폴리네르의
〈만일 당신이 바라신다면〉 중

사랑에 깊이 빠지면 아침이나, 낮이나, 밤이나 언제나 사랑하는 이와 함께 있고 싶은 마음이 간절해집니다. 잠시라도 떨어지면 이내 보고 싶고, 당장이라도 사랑하는 이에게 달려가고 싶은 마음에 사로잡히지요.

사랑이란 감정은 참으로 오묘해서 한번 빠지면 헤어나기가 참 힘들지요. 앉으니 서나, 길을 가거나, 일을 해도 생각은 온통 사랑하는 사람으로 가득 차 있습니다. 이런 마음을 해결하는 가장 좋은 방법은 '결혼'이지요. 그래서 사람들은 결혼을 통해 늘 한 공간에서 함께 밥 먹고, 함께 자고, 함께 아침을 맞습니다.

시 〈미라보 다리〉로 유명한 프랑스 시인 기욤 아폴리네르(Guillaume Apollinaire)는 이런 사랑의 감정을 시 〈만일 당신이 바라신다면〉에서 '만일 당신이 바라신다면 난 당신께 드리겠어요. 아침을 나의 명랑한 아침을'이라고 표현했습니다.

'나의 아침'을 사랑하는 이게 준다는 것은 함께 아침을 맞고 싶음을 뜻합니다. 이런 얘기를 들을 때 사랑하는 이의 얼굴은 온통 기쁨의 환희로 가득 차게 될 것입니다.

그렇습니다. 늘 함께하고 싶고, 함께 먹고, 함께 마시고, 함께 쇼핑하고, 함께 영화 보고, 함께 같은 침대에서 아침을 맞고 싶은 게 사랑인 것입니다.

사랑하는 이가 있다는 것에 대해 감사하세요. 그리고 사랑하는 이와 오래토록 행복하십시오.

사랑을 하게 되면 사랑하는 사람과 늘 함께하고 싶어지
지요. 함께 밥 먹고, 함께 뮤지컬 보고, 함께 여행하고, 함
께 아침을 맞고 싶어지니까요. 사랑은 둘 사이를 함께
있고 싶게 만드는 요술방망이입니다.

사랑하는 이의 생각을 뛰어넘는 충만한 사랑

그대가 알고 있는 것보다도 더
나는 그대를 사랑합니다.

_ 앤드류 타우니의
〈그대가 알고 있는 것보다도 더〉 중

사람은 누구나 자신이 사랑하는 이로부터 충만한 사랑, 만족한 사랑, 세상에서 자기만이 최고의 사랑을 받는 것처럼 사랑받기를 원합니다. 사랑은 달콤하고 부드러운 초콜릿 같아, 먹으면 먹을수록 초콜릿의 깊은 맛에 젖어들듯 사랑에 깊이 젖어든답니다.

"자기 나 얼마나 사랑해?"

"자기는 나 없인 단 한순간도 못 살 것 같아?"

"자기는 내가 왜 좋아?"

자신에 대한 사랑하는 이의 사랑을 확인받기 위해 종종 이렇게 묻곤 합니다. 그리고 사랑하는 이로부터 자신이 듣고 싶은 말을 들어야 스스로에 대해 만족해하지요.

시인 앤드류 타우니는 자신이 사랑하는 이에게 '그대가 알고 있는 것보다도 더 나는 그대를 사랑합니다'라고 말합니다. 그 또한 사랑하는 이로부터 자신에 대한 사랑을 확인받았다는 걸 알 수 있습니다. 앞의 시구는 그에 대한 앤드류 타우니의 답변이라고 할 수 있는데, 사랑의 감정은 동양인이든 서양인이든 어느 나라 사람이건 다 마찬가지니까요.

사랑은 인간에게 있어 모든 삶의 궁극적인 목표라고 할 수 있을 만큼 절대적 가치를 지니지요. 생각해보세요, 사랑이 없는 세상을.

그런 세상은 생각만으로도 숨이 막히고 단 하루도 살 수 없을 만큼 삭막할 것입니다.

사랑하는 이의 생각을 뛰어넘는 사랑은 사랑하는 이를 감격하게 합니다. 자신이 생각했던 것보다 더 큰 사랑을 받는데 어떻게 감격하지 않을 수 있을까요. 사랑하는 이를 감격해하는 사랑, 이런 사랑은 참 멋지고 감동적인 사랑이라고 할 수 있습니다.

나를 온전히 바치는 사랑

나의 인생과
내가 줄 수 있는 모든 행복을
그대에게 드립니다.

_ 리차드 W. 웨버의
〈내 마음과 영혼을 그대에게 드립니다〉 중

사랑하는 이를 진정으로 사랑하게 되면, 그가 기뻐하는 일은 그것이 무엇이든 다 하려고 하는 게 사랑의 마음이지요. 그것이 목숨을 거는 일이라고 해도 주저함 없이 사랑하는 이를 위해 자신을 바치려고 합니다.

물론 이런 사랑을 한다는 것은 쉽지 않습니다. 이런 사랑은 사랑 중에 최고의 사랑, 헌신적인 사랑이기 때문이지요.

하지만 사랑의 기쁨을 통해 행복한 삶을 살기 바란다면 최고의 사랑을 할 수 있도록 노력해야 합니다. 사랑의 행복은 저절로 오는 것이 아니라, 노력에 의해서 오는 것이니까요.

최고의 사랑을 바란다면 자신과 자신의 행복을 사랑하는 이에게 아낌없이 바쳐야 합니다. 그러면 사랑하는 이 또한 자신과 자신의 행복을 사랑하는 사람에게 바치려고 할 것입니다.

서로에게 충실한 사랑, 서로에게 자신의 모든 것을 바치는 사랑은 눈부시도록 아름답고 위대합니다.

사랑하는 이를 위해 자신의 모든 것을 온전히 바치는 사랑은 얼마나 아름답고 위대한가요. 생각만으로도 감동적이지요. 사랑한다면 이처럼 사랑해야 합니다. 그 사랑이야말로 가장 값진 사랑이기 때문이지요.

인생의 절대적 가치, 사랑하는 사람

그대 있음에

나는 살아가고 있고, 감동받으며

무엇인가를 믿고, 누군가를 믿고, 나 자신을

믿습니다.

_ 질리언 크루즈의

〈그대 있음에〉 중

사랑하는 사람은 인생에 있어 절대적 가치이자 희망의 근원이지요. 아무리 힘들고 어려운 일을 만나도 사랑하는 이만 생각하면, 에너지가 불끈 솟아나 충분히 이겨낼 수 있습니다. 또한 절망적인 순간에도 희망의 불꽃을 피우기 위해 주저하지 않습니다. 사랑하는 사람은 그 자체가 곧 희망의 불꽃이기 때문이지요.

그런데 사람들 중엔 사랑하는 사람이 자신이 바라는 대로 해주기만을 바라는 이들이 의외로 많습니다. 사랑 앞에서도 이기심을 버리지 못하기 때문인데, 이런 이기심은 둘의 아름다운 사랑에 장애가 되곤 하지요. 사랑 앞에서는 이기심도, 독선적인 마음도 다 버려야 합니다. 그것은 단지 둘의 사랑을 가로막는 백해무익한 일일 뿐이니까요.

사랑하는 사람은 에너지의 근원이자 희망의 원동력입니다. 사랑하는 사람에게 잘 한다는 것은 에너지를 충만하게 하는 일이며 희망을 드높이는 일이지요. 질리언 크루즈는 시 〈그대 있음에〉서 '그대 있음에 나는 살아가고 있고, 감동받으며 무엇인가를 믿고, 누군가를 믿고, 나 자신을 믿습니다'라고 말합니다.

그렇습니다. 질리언 크루즈의 시에서처럼 사랑하는 이가 있음으로 살아가고, 감동을 받고, 무언가를 믿고, 누군가를 믿고, 스스로를 믿게 되지요.

사랑하는 사람은 인생의 축복이자 최고의 삶의 선물이랍니다.

사랑하는 사람은 인생의 절대적 가치입니다. 그가 있음으로 삶의 에너지를 얻고, 희망의 불꽃을 피어나게 하지요. 사랑하는 사람에게 잘한다는 것은 곧 자신이 잘 되는 생산적이며 축복된 일입니다.

완
전
한 사
랑
을 위
한 사
랑

나는 그대 위해 가장 좋은 것을 원하며

거기에는 나도 포함되어 있답니다.

그것은 내가 완전해서가 아니라

단지 내가 그대와의 완전한 사랑에 빠질 수

있기 때문입니다.

_ 제이미 딜러레의
〈그대를 위해〉 중

사랑은 일방적일 수 없습니다. 그것은 사랑하는 이의 사랑의 감정과는 전혀 무관한 것이기 때문이지요. 그래서 혼자만의 사랑은 언제나 쓸쓸하고 아픔을 남깁니다.

온전한 사랑은 두 사람이 함께 사랑할 때 비로소 완성됩니다. 그러나 온전한 사랑이라고 해도 그것은 '완전한 사랑'은 아니지요. '온전'하다는 것은 흠이 없고 제대로 갖췄다는 것을 의미하지만 '완전'하다는 것은 빈틈이 없고 완벽하다는 것을 의미하기 때문입니다. 그러니까 온전한 것만으로는 완전하다고 할 수 없는 것이지요.

완전한 사랑이 되기 위해서는 온전히 사랑하되, 부족함이나 불만 없이 완벽하게 서로를 이해하고 사랑해야 합니다. 그래서 완전한 사랑을 한다는 것은 쉽지 않습니다. 거기에는 희생적인 사랑이 따르기 때문이지요.

완전한 사랑의 의미에 대해 제이미 딜러레는 시 〈그대를 위해〉에서 '나는 그대 위해 가장 좋은 것을 원하며 거기에는 나도 포함되어 있답니다. 그것은 내가 완전해서가 아니라 단지 내가 그대와의 완전한 사랑에 빠질 수 있기 때문입니다'라고 말합니다.

제이미 딜러레가 바라는 사랑은 사랑하는 이를 위한 사랑, 사랑하는 이와 함께 함으로써 완전한 사랑에 이르는 것이지요. 이처럼 자신보다는 사랑하는 이를 위한 사랑은 사랑하는 이를 감동하게 함으로써 사랑의 일체감을 극대화하게 됩니다.

　그렇습니다. 완전한 사랑을 꿈꾸고, 그 사랑을 완성하십시오.

　완전한 사랑을 한다는 것은 많은 노력이 따릅니다. 완전
한 사랑을 위해서는 사랑하는 이를 자신을 사랑하듯 사
랑하고, 사랑하는 이와 같이 일체감을 이루어야 합니다.
완전한 사랑은 나를 낮추고, 사랑하는 사람에게 맞춰나
감으로써 이루는 것이니까요.

감격하는 사랑

나는 사랑에 감격했습니다.
우리 처음 단둘이서 함께 하던 그때에
나는 내가 그대와 영원히 함께
머물기를 원한다는 것을 깨달았습니다.
그때까지 나는 그다지도
사랑에 감격해본 적이 없었기에.

_ 린지 뉴먼의
〈나는 사랑에 감격했습니다〉 중

사랑에 감격하는 사랑은 얼마나 아름다울까요. 사랑하는 이를 감격하게 하는 사랑은 얼마나 멋진 사랑일까요. 사랑을 하면서 그 사랑에 감격한다는 것보다 더 행복한 것은 있을까요.

사랑에 감격한다는 것은 그만큼 사랑에 만족하고, 사랑을 기쁨으로 여긴다는 것을 의미합니다. 감격하는 사랑을 위해서는 사랑하는 이를 감동시켜야 합니다. 감격은 감동함으로써 가슴에 와 닿는 강렬한 느낌이지요. 다시 말해 감동해야 감격하게 된다는 말이지요.

린지 뉴먼의 시 〈나는 사랑에 감격했습니다〉에는 감격하는 사랑에 대해 '나는 사랑에 감격했습니다. 우리 처음 단둘이서 함께 하던 그때에 나는 내가 그대와 영원히 함께 머물기를 원한다는 것을 깨달았습니다. 그때까지 나는 그다지도 사랑에 감격해본 적이 없었기에'라고 고백합니다.

이 표현을 보면 린지 뉴먼은 사랑하는 이와의 사랑이 매우 감동적이고 그래서 감격적이라는 것을 잘 알게 합니다. 감동이 없는 사랑은 사랑이 아니지요. 그것은 무늬만 사랑일 뿐이니까요.

"당신은 내겐 영원한 사랑이야."

"당신이 없는 세상을 단 한 번도 생각해본 적이 없어. 그것은 나 또한 없는 일이니까."

"당신이 내 사람이라는 것에 나는 매일 자긍심을 느껴. 그래서 한시도 당신을 잊어본 적이 없어."

　이런 말을 사랑하는 이가 듣게 되면 그야말로 감동의 물결이
출렁이게 됩니다. 그래서 감격하는 사랑을 하고 싶다면 서로에
게 감동을 주는 사랑을 해야 하는 것입니다.

　감격하는 사랑은 감동에서 옵니다. 감동하는 사랑을 하
기 위해서는 서로가 서로에게 충실해야 합니다. 충실한
사랑은 서로를 감동하게 하고, 감동하는 사랑은 감격하
게 하기 때문이지요.

●

유일한 사람 그래서 유일한 사랑

그대는 이 세상에서
내게 필요했던 유일한 사람입니다.

_ 나다니엘 호오든의
〈그대는〉 전문

사랑하는 사람은 유일한 사람이 되어야 하고, 그래서 사랑 또한 유일한 사랑이 되어야 합니다. 사랑하는 사람 외에 다른 사람을 만나거나 마음에 둔다면 그것은 사랑하는 이를 진정으로 사랑하는 것이 아닙니다. 그것은 사랑하는 이를 모독하는 일이지요.

이 세상에서 오직 단 한 사람, 그리고 단 하나의 사랑이란 얼마나 황홀하고 아름다운 일인가요. 사랑은 이래야 합니다. 그래야 서로에게 더욱 가까이 다가갈 수 있고, 서로에게 막힘없이 사랑을 전할 수 있으니까요.

이처럼 막힘없는 사랑은 서로가 서로에게 거짓이 없어야 하고, 오직 사랑만을 위한 사랑이어야 합니다. 그래서 내가 사랑하는 사람은 오직 당신뿐이라고 자신 있게 말해야 합니다.

나다니엘 호오든은 시 〈그대는〉에서 '그대는 이 세상에서 내게 필요했던 유일한 사람'이라고 말합니다. 그 또한 사랑하는 이에게 이 시구처럼 말하고 또 말했을 것입니다.

사랑하는 순간만큼은 모든 것이 다 사랑으로 보이지요. 마치 꿈을 꾸는 것 같이 황홀할 때도 있고, 세상을 다 가진 것처럼 충만한 마음에 사로잡히기도 합니다. 또 세상이 온통 자신만을 위해 존재하는 것 같은 기분에 들뜨게 되지요. 그러기에 더더욱 진실 되게 말하고 사랑을 표현해야 합니다.

그렇습니다. 충만하고 만족한 사랑을 원한다면 자신이 사랑하는 사람은 자신에게 유일한 사람이 되어야 하고, 그래서 유일한 사랑이 되어야 합니다. 자신 또한 자신이 사랑하는 사람에게 단 한 사람, 단 하나의 사랑이 되어야 하겠습니다.

사랑하는 사람은 자신에게 유일한 사람, 유일한 사랑이
어야 합니다. 자신 또한 사랑하는 이에게 유일한 사람,
유일한 사랑이 되어야 한답니다. 그랬을 때 둘의 사랑은
한층 깊어지게 되니까요.

행복한 마음으로 사랑하는 사랑

사람들은 모두
자신의 방식대로 행복을 발견합니다.
나는
행복한 마음으로
당신을 생각합니다.

_ 폴 고갱의
〈행복한 마음으로 당신을 생각합니다〉 전문

사람마다 성격이 다르듯이 사랑하는 방식도 다를 수 있습니다. 하지만 그것은 오직 자신에게 있어서는 최선의 사랑의 방식이 되어야 합니다. 그러지 않으면 만족한 사랑을 할 수 없기 때문이지요.

왜 그럴까요. A라는 사람에게는 잘 맞는 사랑의 방식이라도 B라는 사람에게는 맞지 않을 수 있고, B에게는 잘 맞는 사랑의 방식이라도 A에게는 잘 맞지 않을 수도 있기 때문에 자신들에게 가장 잘 맞는 방식을 택해야 합니다.

사랑을 시작한 지 얼마간은 서로에 대해 잘 모르기 때문에 시행착오를 겪기도 합니다. 그러는 가운데 사랑하는 사람이 무엇을 좋아하고 무엇을 싫어하는지를 알게 되고, 사랑하는 사람이 좋아하는 것을 지혜롭게 실행에 옮기면 사랑하는 사람은 충만한 행복감에 사로잡히게 된답니다. 그리고 자신 역시 사랑하는 사람이 충만한 행복을 느끼도록 최선을 다하려고 하지요.

폴 고갱(Paul Gauguin)은 시 〈행복한 마음으로 당신을 생각합니다〉에서 사람들은 모두 자신의 방식대로 행복을 발견하고, 자신 또한 행복한 마음으로 사랑하는 이를 생각한다고 말합니다.

그렇습니다. 사람들은 자기만의 방식으로 사랑을 하고, 그것을 통해 행복한 사랑을 꿈꾸지요. 그렇다면 문제는 간단합니다. 자신들의 사랑이 최고의 사랑이 될 수 있도록 사랑의 방식을 취할 수 있도록 노력해야 합니다.

　행복하십시오. 행복하지 않다면 그것은 사랑이 아닙니다. 행복
해야 사랑인 것입니다.

　사람마다 성격이 다르듯 사랑을 하는 데 있어서도 자기
만의 방식대로 하는 것이 좋습니다. 자신들이 더 행복할
수 있는 자신들만의 사랑의 방식이야말로 최선의 방식
이라고 할 수 있기 때문이지요.

내
가
꼭
필
요
로
하
는
사
랑

내가 그대를 필요로 할 때

그대는 언제나 나와 함께 있지요.

비록 서로의 생각이 늘 같지는 않지만

우리의 사랑은 언제나 그것을 이겨냈지요.

그대는 내게 사랑하는 마음과

너그러운 마음을 가르쳐주었고,

세상에서 사랑을 찾아낼 수 있는

놀라운 능력도 주었답니다.

_ 앤드류 하딩 앨런의

〈내가 그대를 필요로 할 때〉 전문

사랑하는 사람과 언제나 생각이 똑같다면 얼마나 좋을까, 하고 누구나 한 번쯤은 생각하게 됩니다. 사랑하는 사람과 생각까지 공유하고 싶은 마음에서이지요. 물론 삶의 일부분에 있어서 또는 좀 더 많은 생각을 공유하기도 하지만 전부를 공유한다는 것은 불가능하지요.

사람은 자라온 환경이 다르고, 성격이 다르고, 각자만의 취향과 생각이 있기에 다 같을 수는 없습니다. 사랑함으로써 서로 다른 부분을 상대에게 맞춰주다 보면 나중에는 이해하게 됨으로써 좀 더 많은 생각을 공유하게 되지요.

특히, 사랑하는 이를 필요로 할 때 늘 함께한다면 그것만으로도 커다란 기쁨이며 행복한 일이지요. 나아가 자신이 필요로 하는 것들을 가르쳐주고, 삶에 유익함을 준다면 더더욱 감사하게 되고 기쁨은 배가 된답니다.

앤드류 하딩 앨런의 시 〈내가 그대를 필요로 할 때〉는 이러한 사랑의 감정이 잘 드러나 있습니다. 시인은 자신이 필요할 때 늘 사랑하는 사람이 함께 있어 준 것에 대해, 서로의 생각이 달라도 그 어떤 문제도 사랑으로 이겨내고, 너그러운 마음과 사랑의 능력을 가르쳐준 것에 대해 감사해합니다.

자신이 꼭 필요로 하는 사랑은 그 무엇보다도 소중하고 삶의 기쁨이 되지요. 그래서 자신에게 충만한 행복을 주는 사랑하는 이가 더욱 사랑스럽고 감사하게 생각되는 것이지요.

서로에게 꼭 필요한 사랑, 서로가 만족하는 사랑, 그런 사랑을
하십시오.

자신이 필요로 할 때 자기 옆에서 함께 하는 사람처럼

고마운 사람은 없습니다. 그래서 꼭 필요로 하는 사랑은

늘 즐거움을 주고 감사하게 생각하게 하지요. 사랑하는

사람이 자신을 필요로 할 땐 꼭 함께하도록 노력하세요.

시간이 흐를수록 소중한 사람

시간이 흐를수록
나는 더욱더
그대 없는 삶이란
불가능함을 깨닫게 됩니다.

_ 제임스 헤크먼의
〈시간이 흐를수록〉 중

사랑도 오래 하다 보면 신선함이 사라져 때때로 혼자만의 시간을 갖고 싶을 때가 있습니다. 함께 해도 사랑에 무감각해질 때, 전에는 좋았던 것들이 식상하게 다가올 때는 새로운 분위기를 조성해야 합니다. 분위기를 새롭게 하면 무감각해진 사랑도, 식상했던 일도 푸른 싹이 파릇파릇 돋아나듯이 서로의 가슴을 두드려대지요. 그러면 무감각해진 사랑의 세포가 싱싱하게 되살아나 서로의 가슴을 사랑으로 물들이게 됩니다.

그런데 시간이 흐를수록 사랑하는 이가 더욱 사랑스럽고, 사랑의 감정이 더 풍부해지고, 사랑하는 사람과 설레는 마음으로 늘 함께하고 싶다면 이는 대단한 축복이 아닐 수 없습니다. 한결같이 사랑에 변함이 없다는 것을 방증하는 일이자, 더 나은 사랑을 기약하는 일이기 때문이지요.

제임스 헤크먼은 시간이 흐를수록 사랑하는 이가 없는 세상은 불가능함을 깨닫게 된다고 고백합니다. 사랑하는 이가 없는 세상은 암흑처럼 캄캄하고, 숨이 막혀 질식할 것만 같다는 걸 잘 아는 까닭이지요. 그러기에 그런 고백을 할 수 있는 것입니다. 이 얼마나 충만한 사랑의 고백인가요. 이런 사랑이야말로 오래 익힐수록 감칠맛 나는 포도주와 같다고 하겠습니다.

그렇습니다. 시간이 흐를수록 사랑하는 사람이 더욱 사랑하고 싶은 사람이 되어야 합니다. 그러기 위해서는 많은 노력이 필요하지요. 말 한마디도 좀 더 멋지고 감동 있게 하고, 사랑하는 이가 무엇을 원하는지 그에 맞게 연출한다면, 사랑하는 사람의 마음을 사로잡게 됨으로써 충만한 사랑을 하게 될 것입니다.

시간이 흘러도 변함없는 사랑, 시간이 흐를수록 더 소중한 사람이 있다는 것은 그 어떤 축복보다도 감사하고 고마운 일이지요. 그 사랑이 변치 않도록, 그 사람을 잃지 않도록 최선의 사랑으로 사랑하십시오.

언
제
나　사
랑
하
는　이
를　상
상
하
는　사
랑

나는 언제나 상상하고 있답니다.

만일 내가 지금 당신 가까이 있다면

당신의 존재하는 선물이

틀림없이 나에게

더 많은 도움이 되리라는 것을

마치 지나간 태양 빛을

모두 한꺼번에 느끼듯이….

_ 조지 엘리엇의
〈지금 당신 가까이 있다면〉 전문

사랑하는 이를 생각하는 것만으로도 시도 때도 없이 입가에 미소가 돋고, 가슴이 찡하도록 마음이 절절하다면 그것은 사랑하는 이를 목숨처럼 사랑하고 있다는 증거입니다.

같이 있어도 사랑스럽고, 가슴 절절이 그리운 사람이 있다는 건, 미치도록 사랑하다가도 어느 순간 헤어지기 일쑤인 현시대에서는 인생 최고의 선물이며 기쁨이라고 할 수 있습니다.

세상에서 제일 행복한 것처럼 살고 싶다면 진정성 있게 사랑하는 이를 사랑해야 합니다. 진정성 있는 사랑은 감동을 줌으로써 사랑하는 이를 자신에게 몰입하게 만들지요.

영국의 여류 소설가인 조지 엘리엇(George Eliot)은 시 〈지금 당신 가까이 있다면〉에서 언제나 사랑하는 이를 상상하고 있으며, 자신이 사랑하는 이에게 가까이 있다면 마치 지나간 태양 빛을 모두 한꺼번에 느끼듯이 사랑하는 이가 자신에게는 더 많은 도움이 된다고 말합니다. '지나간 태양 빛을 모두 한꺼번에 느끼듯'이 하는 이 표현은 실로 사랑하는 이에 대한 엘리엇의 사랑의 믿음이 얼마나 크고 깊은지를 잘 알게 합니다.

만일 지나간 태양 빛을 모두 한꺼번에 느끼듯이 행복해지고 싶다면 사랑하는 이를 늘 생각하고, 목숨처럼 사랑하고 또 사랑하세요. 사랑은 사랑함으로써 더욱 사랑다워지는 것이니까요.

언제나 사랑하는 이를 생각하는 사랑은, 사랑하는 이를 기쁘게 하고 충만한 행복에 사로잡히게 합니다. 생각해 보세요. 언제나 자신을 생각하고 사랑하는 사람이 있다는 것이 얼마나 행복한 일인지를. 그렇습니다. 그런 사랑을 해야 하겠습니다.

사랑하는 이를 위한 한 송이 꽃과 같은 사랑

나는 당신을 위해

한 송이 꽃이 되고 싶습니다.

당신의 숨결이 아니고서는

꽃잎 하나 피우지 못하고

향기조차 나지 않는

세상에 하나뿐인 꽃이기를 원한답니다.

_ 메리 하스켈의
〈나의 간절한 소망〉 중

사랑은 사람의 마음을 한없이 너그럽게 하고 따뜻하게 할 뿐만 아니라, 사랑하는 이를 위해서라면 그 무엇도 아까워하지 않게 합니다. 그래서 사랑에 깊이 물들다 보면 사랑하는 사람을 위해 무엇이든 해주고 싶은 마음이 든답니다. 이런 사랑의 충만함을 잘 보여주는 시가 메리 하스켈의 시 〈나의 간절한 소망〉이지요.

메리 하스켈의 시 〈나의 간절한 소망〉에서 보듯 시적 화자는 사랑하는 이를 위해 한 송이 꽃이 되고 싶다고 말합니다. 그리고 사랑하는 이의 숨결을 느끼지 않고는 꽃잎 하나 피우지 못하고, 향기조차 나지 않는 세상에 단 하나의 꽃이길 원한다고 말합니다.

사랑하는 이에 대해 이처럼 극진하고 충만한 사랑을 보인다는 것은 사랑받는 입장에서는 최고의 사랑이자 감동이 아닐 수 없습니다. 사랑하는 이로부터 이런 사랑의 찬사를 받는다면, 세상을 다 가진 것보다 더 충만하고 행복한 마음이 들 것입니다.

생각해보세요. 당신이 사랑하는 이가 당신을 이처럼 사랑한다면 어떤 마음이 들지를. 참으로 감격스러운 사랑이라고 할 수 있습니다.

그런데 여기서 한 가지 생각할 것은 사랑하는 이로부터 이처럼 극진한 사랑을 받기 바란다면, 자신이 먼저 극진한 사랑을 보여주어야 합니다. 그랬을 때 사랑하는 이는 감동함으로써 자신 또한 극진하고 충만한 사랑을 쏟아부어 줄 것이기 때문이지요.

그렇습니다. 사랑도 정성을 다할 때 아름다운 향기를 품게 되고, 사랑하는 이로부터 아낌없는 사랑을 받게 됨을 잊지 말아야 합니다.

사랑하는 이를 위해 한 송이 꽃이 되고, 세상에 단 하나 뿐인 꽃이 되겠다는 고백은 대단한 사랑의 열정이 아닌가 싶습니다. 이런 사랑을 받는다면 그 무엇이 부러울까요. 이런 사랑을 받고 싶다면 자신이 먼저 사랑하는 이를 그처럼 사랑하세요.

영원히 함께하는 행복의 날개 같은 사랑

우리 사랑은

먼 곳에서 시작하는

두 개의 날개

하지만 언제나 영원히 함께 날아가는

행복한 날개랍니다.

_ K. 리들리의
〈그대를 사랑하기에 나는 오늘도 행복합니다〉 중

사랑은 둘이 한곳을 바라보는 동시에, 같은 마음으로 하나를 이루는 아름다운 인생의 하모니입니다. 한 사람은 이쪽을 바라보는데 다른 한 사람은 저쪽을 바라본다면 그것은 사랑이 아니지요. 또한 한 사람은 이것을 생각하는데, 다른 한 사람은 저것을 생각한다면 이 또한 사랑이 아니지요.

물론 생각과 마음을 일치시킨다는 것은 어려운 일이지만, 같도록 서로가 노력해야 합니다. 이처럼 노력하는 과정에서 서로의 생각을 알게 되고, 서로를 향한 간절한 사랑을 알게 되기 때문이지요.

이런 사랑의 과정을 통해 깊이 사랑하게 되면 영원히 함께하고픈 마음에 사로잡힙니다. 그래서일까, 잠시도 떨어지기 싫어하고, 아무 말을 하지 않아도 함께 한다는 것만으로도 충분히 만족해하지요. 그리고 입버릇처럼 다시 태어나도 서로를 사랑하겠다고 말하게 되지요.

K. 리들리의 시 〈그대를 사랑하기에 나는 오늘도 행복합니다〉에는 이런 영원한 사랑의 감정이 잘 나타나 있는데 '언제나 영원히 함께 날아가는 행복한 날개랍니다'라는 표현이 이를 잘 말해줍니다.

사랑하는 사람은 인생의 큰 기쁨이어서 힘들고 어려울 땐 용기가 되어 어려움을 극복하게 해주고, 슬픈 일이 있을 땐 따뜻한 위로와 격려가 되어 슬픔을 이겨내게 해줍니다.

사랑하는 사람을 소중히 하세요. 그런 만큼 더 큰 사랑의 기쁨을 사랑하는 사람으로부터 받게 됨으로써 충만한 인생을 살게 될 것입니다.

사랑하는 사람과 영원히 함께하고픈 사랑은 누구나 갖는 바람이지요. 그러나 그렇게 하기 위해서는 둘의 사랑이 일치해야 합니다. 일치하는 사랑은 더없는 행복을 줌으로써 영원까지도 함께 하기를 바라게 하기 때문이지요.

서로를 향해 열려 있는 사랑

지금 이 순간
당신의 마음은 나를 향해 있고
내 마음은 당신을 향해 있는 것만으로도
우리의 삶은 눈부십니다.

_ V. 드보라의
〈이제는 우리가 사랑해야 할 때〉 중

가까이 떨어져 있거나 멀리 떨어져 있어도 사랑하는 사람은 늘 곁에 있는 것처럼 여겨집니다. 사랑하는 사람은 사랑하는 이의 마음의 중심을 차지하고 있는 까닭이지요.

매일 만날 수 없다는 아쉬움은 있지만, 만나고 싶을 땐 언제든지 만날 수 있다는 생각에 가까이 혹은 멀리 떨어져 있어도 늘 곁에 있는 것처럼 생각되는 것입니다. 이처럼 사랑이라는 '공통분모'는 서로의 마음을 더욱 서로에게 가까이 다가가게 하지요. 그리고 사랑하는 이의 마음의 문을 열 수 있는 사람은 사랑하는 사람뿐이지요. 그래서 사랑의 문은 사랑하는 이에게만 열려 있는 것입니다.

V. 드보라는 시 〈이제는 우리가 사랑해야 할 때〉에서 '지금 이 순간 당신의 마음은 나를 향해 있고 내 마음은 당신을 향해 있는 것만으로도 우리의 삶은 눈부십니다'라고 말합니다. 둘의 마음이 서로를 향해 있다는 것은 서로 간의 사랑의 문을 서로에게만 열어준다는 의미를 내포하고 있습니다.

그렇습니다. 사랑은 서로의 마음을 서로에게 향하게 하고, 사랑의 문을 열어줌으로써 그것만으로도 충분히 둘의 사랑은 눈이 부시게 아름답다고 할 수 있습니다.

지금 이 순간 자신을 곰곰이 생각해보세요. 자신의 마음은 늘 사랑하는 이에게 향해 있는지를. 그리고 그렇다는 생각이 들면 당신은 당신이 사랑하는 이의 마음을 행복으로 가득 차게 할 자격이 충분히 있다고 할 수 있습니다. 사랑은 오직 사랑하는 이를 충만하게 할 때 더욱 빛을 발하는 것이니까요.

서로를 향해 열려 있는 사랑은 언제나 사랑하는 이의 마음속으로 들어갈 수 있음을 뜻합니다. 사랑하는 이의 마음의 문, 즉 사랑의 문은 사랑하는 사람에게만 열어주기 때문이지요. 그렇습니다. 사랑의 문은 사랑하는 이만 열 수 있고, 들어갈 수 있습니다.

사랑의 결

초판 1쇄 인쇄 2022년 12월 15일
초판 1쇄 발행 2022년 12월 22일

지은이 | 김옥림

펴낸이 | 임종관

펴낸곳 | 미래북

편 집 | 정광희

디자인 | 여름날디자인

등록 | 제302-2003-000026호

본사 | 서울특별시 용산구 효창원로 64길 43-6 (효창동 4층)

영업부 | 경기도 고양시 덕양구 삼원로73 고양원흥 한일 윈스타 1405호

전화 | 031)964-1227(대) 팩스 | 031)964-1228

이메일 | miraebook@hotmail.com

ISBN 979-11-92073-17-0 (03800)